U0798759

岳勇/著

觅凶者

The Murderer Hunter

放学路上

中国工人出版社

目录

Contents

第一章　校园恶霸

“丁零零，丁零零……”突然响起的放学铃声，把正坐在座位上发呆的狄小飞吓了一跳。

班主任兼语文老师袁玥，对这足足响了二十秒钟的电铃声直接选择了无视，此刻的她正拿着粉笔在黑板上十分投入地讲解一道古汉语题，大有将拖堂进行到底的意思。狄小飞虽然一脸认真地看着黑板，但眼神却有些缥缈，心思显然没有放在听课上。

当袁老师转身面对黑板时，狄小飞推了推鼻梁上的眼镜，悄悄回头向教室后面张望，只见黄麒麟坐在教室最后一排，正低着头玩手机。袁老师肯定已经发现他在玩手机游戏，却懒得管他。平京实验中学禁止学生带手机进入校园，尽管有不少学生偷偷带手机上学，但像黄麒麟这样敢公然在课堂上玩手机的，估计全校也找不出第二个。

袁老师一口气讲了十多分钟，忽然停下来一脸茫然地问：“哎，刚才放学铃声是不是响了？”

同学们都笑起来，说：“早就响了。”

袁老师拍拍手上的粉笔灰，一脸歉意地说：“不好意思，又拖堂了，同学们，放学吧！”

高二（5）班的同学们终于松了一口气，站起身稀稀落落地说声“老师再见”，就急忙收拾书本往外跑。

只有狄小飞还坐在自己的座位上，东摸西看，犹犹豫豫，好像不愿意放学一样。同学们一个个都走了，只剩下他一个人坐在那里，显得有些突兀。袁老师正在讲台上收拾讲义，一抬头看见狄小飞表情古怪地坐在教室里不肯走，就问他：“狄小飞，你怎么不回家？”

狄小飞一愣神，回头朝黄麒麟的座位望一眼，黄麒麟早已经走了，座位上空空如也。他忙起身说：“哦，我马上走。”就在他站起身时，袁老师看见他左眼角处有些红肿，还贴着一个创可贴，因为被眼镜架遮住，不认真看还真瞧不出来。“哎，你眼角怎么了，受伤了？”她放下手里的讲义，朝狄小飞走来。

“没、没事，昨天我在家洗澡时不小心滑了一跤，把脸摔破了。”狄小飞用手捂着眼角，不等袁老师再问第二句，就把书包搭在肩上，低着头急匆匆走出了教室。

教室外面的走廊里空荡荡的，已经看不到一个人影。他摸摸自己的书包，松了一口气。

走下楼梯，却看见黄麒麟正在墙角处纠缠一个女生，他笑嘻嘻地把一条手臂搭在女生肩膀上，女生吓得快哭了。狄小飞缩了一下脖子，黄麒麟好像听到什么动静，扭头狠狠瞪他一眼，目光中竟然带着威吓之意。

狄小飞暗暗叫苦，本以为今天躲过了这个“黄天霸”，没想到这家伙却在这里等着他。

“黄天霸”是黄麒麟的绰号，光听这绰号，就不难猜出这小子在学校里是什么角色了，没错，他就是校园一霸！

黄麒麟是在高中一年级第一学期快要结束时转校过来的，自他来到平京实验中学高中部，就没有做过一天老实学生。一开始，他用手机偷拍女生裙底风光，并在女生宿舍偷偷安装针孔摄像头，将偷拍到的女生隐私照片和视频上传到自己的微信朋友圈，用来提升自己的人气。后来有一个女生发现了他的卑劣行径，立即报警了。

警方把黄麒麟带到派出所，但因为他未满 18 周岁，是未成年人，警方对他从轻处理，只是口头教育并让他写下检讨书后，就将他放了回来。而那个报警的女生，后来有一天傍晚骑自行车放学回家时，被一辆无牌摩托车撞下路基，导致右腿骨折落下终身残疾，而肇事凶手至今也没有抓到。

自从黄麒麟那次进了派出所却又安然无恙地被放出来之后，他就更加有恃无恐，无法无天了。他纠集一帮调皮捣蛋的同学，成立了一个“麒麟帮”，并自任帮主。“麒麟帮”在学校里横行霸道，敲诈勒索收取保护费，欺侮漂亮女同学，等等，坏事做尽。谁要是敢反抗，必然会招致一顿暴打。他对自己的“小弟”说：“谁敢不服就打谁，打死人也不怕，我爸有的是钱，咱赔得起。”

黄麒麟的老爸叫黄金强，是一家投资公司的老总，据说学校新建的那条标准塑胶跑道就是他出资捐建的。有一次黄麒麟打伤同学，袁老师叫黄麒麟把家长叫来商谈医药费赔偿事宜。结果黄金强开着一辆宝马驶进学校，车门也不开，就从车窗里扔下一沓百元大钞说：“我的时间很宝贵，没工夫跟你们扯皮，我儿子打伤人该赔多少赔多少，不够再找我开支票！”有这样盛气凌人、蛮不讲理的老爸护着，黄麒麟在学校自然更加肆无忌惮、嚣张跋扈。去年在网上闹得沸沸扬扬的“高一男生遭同学围殴致内伤出血脾脏被切除”的校园暴力事件，就发生在平京实验中学，而暴力伤人者就是黄麒麟。此事发生之后，黄麒麟的名声更加“响亮”，同学们都在背地里称他为“黄天霸”，每个人见到他都像避瘟神一样躲得远远的。就连学校外面那帮小混混见了他，都要客客气气地叫一声“麒麟哥”。

从高中二年级开始，黄麒麟的“麒麟帮”开辟了一项新业务——作业中介。学校里有一些学习成绩差、玩心比较重的学生不愿意做作业，可是完不成作业又没法向老师交差，“麒麟帮”就把这些学生的作业收集起来，收取一定的承包费用，然后扔给一些学习成绩好的同学，叫他们免费代写作业。谁敢不从，轻则语言恐吓，重则拳脚相加。

黄麒麟并不缺钱花，做“作业中介”赚来的钱他分文不取，全部分发给下面的小弟，于是那帮小弟对他更加拥护了。

一向性情温和的袁老师，知道这件事后非常气愤，黄麒麟和他那帮“小弟”自己学习成绩差不求上进自暴自弃也就算了，现在居然严重影响其他成绩好的同学的学习，她再也按捺不住，找到学校领导，让校方出面禁止了黄麒麟这种“作业中介”行为。

黄麒麟觉得袁老师断了自己的财路，于是怀恨在心，有一天午间休息的时候，他躲在楼梯后面，待袁老师下楼时，他突然蹿出来，拿出一瓶用矿泉水瓶子装着的汽油，迎面泼向袁老师，同时掏出了打火机，幸好当时风大，他连续按了几次都没有把打火机打燃。最后他干脆扔掉打火机，飞起一脚将袁老师踹倒在地，又狠狠在她肚子上踢了几脚，才扬长而去。

袁老师被踹得滚下台阶，身上流了很多血，在医院住了两个星期才慢慢恢复过来。

这件事在学校闹出了很大的动静，老师和同学都义愤填膺，就在大家暗地里准备罢课抗议时，黄麒麟这个校园黄天霸终于被警方带走了。只是让大家没有想到的是，不知道黄麒麟他老爸黄金强使用了什么手段，几天后风声一过，黄麒麟居然又大摇大摆地回到学校，回到了高二（5）班。

狄小飞是班上的优等生，一向对黄天霸这种人敬而远之，两人虽为同班同学，但并无交集。几天前，狄小飞的舅舅从香港回来探亲，知道狄小飞喜欢收藏跑车模型，就给他带回来一辆超酷超炫的豪华限量版法拉利 LaFerrari 跑车模型。这个车模不但是纯手工制造的全球限量版，而且还带有独立编号的挂牌，绝对是典藏精品。狄小飞收到这个礼物，真是喜出望外，爱不释手。

这天上午，学校的车模兴趣小组有活动，狄小飞借机把这辆法拉利 LaFerrari 跑车模型带到学校，与兴趣小组的同学一起欣赏和交流。不承想，这个车模被黄麒麟无意中看到了。黄麒麟也是一个车模玩家，他一下子就被这辆炫酷的法拉利 LaFerrari 吸引住了，用手机上网一查，知道这是一款全球限量版车模，有钱也难买到，于是就觍着脸凑到狄小飞身边，让他把这个车模送给自己。狄小飞自然不会同意。

黄麒麟甚是恼火，授意两个小弟将狄小飞拖进厕所，他先是骂骂咧咧地踹了狄小飞一脚，然后揪住他的头发，摁住他的头往墙壁上撞，撞一下骂一句：“臭小子，看来你还不知道我黄天霸的厉害嘛！老子找你要车模，那是你的荣幸，知不知道？”

狄小飞被撞得眼冒金星，赶紧说：“知道知道！”

黄麒麟用一只手叉住他的脖子，把他抵到墙上，拍着他的脸说：“看在你今天认错态度还算良好的分儿上，老子就开开恩，这个车模暂时寄存在你那里，让你再玩半天。下午放学后，老子在学校门口的鸡毛巷等你，你乖乖地把车模送到老子手上。如若不然……”黄麒麟手上突然用力，狄小飞顿时感觉脖子像是被铁钳卡住一样透不过气来，“如若不然，老子就打断你两条狗腿，叫你以后只能在轮椅上度过余生。听明白了没有？”

狄小飞被黄麒麟钳住脖颈无法呼吸，脸涨得通红，只能被迫点头同意。黄麒麟这才放开他，带着两个小弟得意扬扬地离去。狄小飞靠在墙上大口喘气，同时感觉到额角有液体流下来，用手一摸，竟然是血。他眼角的伤痕，就是这时候留下的。

狄小飞心中惊惧交加，有些气愤，也有些无奈，回到教室后他再也无心上课。别的同学都盼着快点放学，而他却希望放学铃声迟一点响起，最好永远不要响起。所以，放学之后他一直在教室里磨蹭，直到看见黄麒麟的座位空了，以为他忘记了车模的事，心中暗自庆幸，赶紧把法拉利 LaFerrari 车模塞进书包溜下楼。谁知却看见黄麒麟竟然在楼下一边调戏女生，一边等着他。

在被黄麒麟威吓的目光盯住的一刹那，狄小飞的心就突然缩紧了。他知道自己今天被这个“黄天霸”缠上，车模是肯定保不住了。他摸摸书包里的车模，心疼得几乎掉下眼泪。回头看看，黄麒麟已经放开那个女生，正带着一脸贱笑跟在他身后。

狄小飞叹口气，走出学校大门后，只好向左拐个弯，往黄麒麟指定的鸡毛巷走去。

第二章　陋巷绑架

虽然是大白天，鸡毛巷里却看不到一个行人，显得十分安静。这是一个城中村，巷子两边都是长满青苔的旧平房，住户大多数已经搬走，房子都空在这里等待拆迁。

狄小飞曾听被“麒麟帮”欺侮过的同学说，黄麒麟最喜欢把他看着不顺眼的人叫到这条小巷里来。因为这里离学校不远，但又不像大马路上人多眼杂，正是他们施展暴力欺凌同学的绝佳场所。

狄小飞拐进巷子，往前走了几十米，夕阳像是突然掉到了山背后，小巷里的光线为之一暗，两边的房子都躲进了阴影中。他忽然感觉到眼前的场景似乎跟以前看过的某部恐怖片的一个镜头十分相似，他的心“扑通扑通”直跳，不敢再往前走。

就在这时，狄小飞听到身后传来拖沓的脚步声，回头看时，黄麒麟已经跟着他走进小巷。黄麒麟脚步缓慢，脸上带着好整以暇的表情，甚至还得意地吹起口哨，看狄小飞的眼神，就跟一只老猫看着自己爪子下的猎物一样。

狄小飞的肩膀抖了一下，书包滑落下来。他把手伸进书包抓着那个法拉利 LaFerrari 跑车模型，却久久舍不得掏出来。

黄麒麟一步一步朝他走过来，嘴角微扬，脸上还带着鄙夷的冷笑。这次他是一个人来的，并没有带着他手下的小弟。狄小飞心中一动，不知从哪里涌出一股勇气，手在书包里渐渐握成拳头，脑海里闪过一个念头："车模是我的，凭什么要给他？今天跟他拼了！"

可是这个孤注一掷的念头刚刚闪现出来，他立即就绝望地放弃了，因为就在这时，他看见巷口悄无声息地停下一辆白色面包车，车门打开，从车上走下一高一矮两个青年男人，两人都戴着棒球帽和大墨镜，遮住了大半边脸，活脱脱就是从香港警匪片里走出来的黑社会成员。两人走进巷子，不紧不慢地跟在黄麒麟身后。

狄小飞不由得暗暗叫苦，本以为黄天霸是一个人来的，没想到他竟然带了两个黑社会打手，如此一来，他想有所反抗已经绝无可能。

他顿时像个泄了气的皮球，只得把车模从书包里掏出来，准备乖乖地交给黄麒麟。这时候，那两个墨镜男突然紧走几步蹿到黄麒麟身后，一个人捂住黄麒麟的嘴，另一个人将他拦腰抱住，转身往巷子外面拖去。

黄麒麟吓了一大跳，嘴里发出“呜呜”的声音，挣扎着想要脱离两人的控制，可是对方是两个年轻力壮的成年人，两人合力之下，他根本没有反抗的机会。黄麒麟瞪大眼睛，一面想要看清对方的相貌，一面伸出手指往那矮个子墨镜男脖子上抓去。他的指甲又尖又长，顿时在矮个子墨镜男的脖子上抓出五条深深的血痕。

矮个子墨镜男痛得大叫一声，下意识地伸手去摸自己的脖子，黄麒麟趁机挣脱出来，一边大叫着“你们想干什么?”一边向前奔逃。高个子墨镜男追赶几步，蓦然一个扫堂腿将他绊倒在地，矮个子墨镜男飞身扑上，将黄麒麟死死摁住。

狄小飞完全被弄糊涂了，不知道发生了什么事，他下意识地退闪到旁边一间平房的台阶柱子后面。

一个墨镜男掏出一卷黄色的宽胶布，先是把黄麒麟的嘴巴封住，又将他的双手双脚绑住，然后两人合力将他抬出小巷，扔进面包车。矮个子墨镜男钻进驾驶室，一轰油门，面包车就疯狂地蹿了出去。

狄小飞惊魂未定地跟着跑出来，面包车却已经开出好远。他呆了一下，忽然想起了什么，在大街上跟着面包车跑出几十米，终于隐约看清了后面的车牌号，那是一辆本地牌照的车。

他停下来，双手撑在膝盖上弯着腰喘了两口大气，再抬头看时，那辆面包车已经消失在车水马龙的大街上。

直到此时，狄小飞仍然没有搞清楚状况，那两个墨镜男难道不是黄麒麟请来的帮手吗？既然不是黄麒麟的帮手，那么他们又是什么人？为什么要强行带走黄麒麟？

他仔细回想刚才的经过，想记住那两个墨镜男的样貌，可是那两个人头上戴着棒球帽，帽舌压得特别低，而且脸上罩着一个大墨镜，根本不可能看清楚他们的相貌。

这到底是怎么回事呢？狄小飞背着书包沿着街边人行道，一边往家的方向走，一边低头想着这件事。

不知道走了多远，忽然听见有人叫他的名字，扭头一看，原来是袁老师骑着一辆女式摩托车，一边在机动车道上靠边缓慢行驶，一边叫他。狄小飞应了一声。袁老师问他：“你怎么还没回家?”

狄小飞挠挠头，觉得应该把刚才发生的事告诉袁老师，也许她会有主意。于是就在路边驻足，向她招手。

袁老师拐个弯，在路边一个停车位把摩托车停下来，问他发生了什么事。

狄小飞凑到袁老师跟前，把今天放学后黄麒麟约他到鸡毛巷，他在巷子里亲眼看见黄麒麟被两个神秘墨镜男掳走的经过说了出来。

袁老师听后，不由得倒吸一口凉气，说："你怎么不早说？这可是绑架啊！"

"绑架？"狄小飞一愣，回想了一下，好像还真像袁老师说的这么回事儿。一想到那两个墨镜男凶神恶煞一般，黄麒麟落到他们手里，肯定没有好果子吃，这可真是恶人自有恶人磨啊。要不是那两个突然出现的墨镜男，他心爱的车模现在已经让黄麒麟给抢走了。这样想着，他脸上不禁露出幸灾乐祸的表情。

袁老师柳眉微皱，思索片刻，掏出手机想要打电话。

狄小飞问："你给谁打电话？"

袁老师说："出了这么大的事，当然是要打电话报警啊！"

狄小飞摇摇头说："别，千万不能打电话。"

袁老师问："为什么？"

狄小飞说："第一，咱们还没有彻底搞清楚状况，黄麒麟到底是不是被绑架还无法确定，如果警察说咱们报假警，那就麻烦了；第二，如果黄麒麟真的是被人绑架了，那就更不能报警了。如果绑匪知道惊动了警察，说不定会立即撕票。"

袁老师一想也对，贸然报警只会激怒绑匪，对人质反而不利，她只好放下手机。狄小飞用力拍了一下自己的嘴巴，忽然有点后悔阻止袁老师报警，假如黄麒麟真的被绑匪撕票，那岂不是正好为学校除去一大公害？

“可是发生这样的事，咱们也不能坐视不管呀。”袁老师想了一下，跨上自己的摩托车，递给狄小飞一个头盔说，“快上车！”

狄小飞问：“去哪里？”

袁老师说：“估计黄麒麟家里还不知道他出事了，咱们得去告诉他的家长，你也一起去吧。”

狄小飞心想：反正这小子也不是什么好人，咱们别多管闲事了，最好让他被绑匪撕票，以后咱们学校就彻底清静了。但这只是他的心理活动，可不敢在嘴上说出来。最终他还是戴上头盔，坐上了袁老师的摩托车。

摩托车拐个弯，驶上了街道。

狄小飞坐在摩托车后座上，身体与袁老师贴得很近，一股好闻的香水味儿飘过来，他抽抽鼻子，脸色有点发红。进入高中后，教过狄小飞的老师有很多，但在他心里，唯独对袁老师感觉特别亲近。

今年 26 岁的袁玥是外地人，大学毕业后通过招聘考试来到平京实验中学高中部做教师。也许是因为本身就很年轻，袁老师跟学生相处得非常融洽。她教的是走读班，不用上晚自习，但她却经常利用课余时间辅导班上的差生提高成绩。

狄小飞刚进入高中时，成绩在班上排在二十名以外。袁老师觉得他身上还有潜力可挖，于是就把狄小飞和其他几个成绩不甚理想的学生叫到她家里，利用课余时间对他们进行单独辅导。

给这几个学生开了大半个学期的小灶后，他们的成绩都大有提高，狄小飞一下子成了班上的尖子生。由于狄小飞爱好文学，有好几篇作文被袁老师修改后推荐给中学生杂志发表，所以狄小飞对这位年轻漂亮、言语温柔的老师，总有一种特别的亲近感！

因为事情紧急，袁玥把摩托车开得很快。狄小飞陶醉在那淡淡的香水味中，还没有回过神来，摩托车就已经开到了城市中心，再沿着街道往前走不远，就到了锦绣花园小区。

这是一个高档别墅小区，狄小飞知道黄麒麟家就在这里。袁玥曾经到黄麒麟家里做过家访，算是轻车熟路，她先在小区门卫那儿登记了一下，就把摩托车开进了小区。

黄麒麟家住的是一幢独立别墅，楼高三层，纯白外墙配上墨绿色围栏，显得奢华大气。门口停着一辆宝马 X5，正是黄金强的座驾。

袁玥上前按响门铃，出来给他们开门的是一个烫着大波浪卷发的年轻女人。袁玥认识这个女人，她是黄金强的第二任妻子徐佳佳，也就是黄麒麟的后妈。

徐佳佳上下打量了袁玥一眼，问她："你找谁?"袁玥曾到黄家做过一次家访，当时徐佳佳也在场，但是很显然，这个女人已经忘记她是谁了。

袁玥说："我是黄麒麟的班主任袁老师，想找一下黄麒麟的爸爸。"

徐佳佳回头喊了一声，黄金强很快就趿着一双拖鞋走到门口，抬头看见是袁老师，顿时脸色一沉，从口袋里掏出几张百元大钞扔出来，嘴里不耐烦地说："是不是我儿子又在学校打伤人了？我早就跟你说过，多少医药费我都出得起，这点小事，值得你大老远找上门来吗?"

袁玥的脸"噌"地一下子涨得通红，拉着狄小飞掉头就走，但走出几步后，很快又冷静下来。她折回身，走到门口，努力平复情绪后说："黄先生，我们这次来是想告诉你，你儿子黄麒麟可能遇上危险了。"

狄小飞站在老师身边，把黄麒麟被那两个墨镜男强行掳走的经过，全都跟黄金强说了。

黄金强听完，看看狄小飞，又看看袁老师，哈哈大笑道："你们是不是在学校被我儿子欺侮，所以找上门编这么一个故事来吓唬我？绑架我儿子？哈哈，真是笑死人了，你们也不去打听一下我黄金强是什么人？老子在平京市可是黑白两道通吃的人物，谁吃了熊心豹子胆，敢绑架我黄金强的儿子？”

袁玥有点着急地说：“不，黄先生，黄麒麟他真的是被人……”

“敢绑架我儿子的人还没出世呢，”黄金强板着脸，毫不客气地说，“你们赶紧给我滚，要不然我就叫保安来收拾你们！”

“哎，黄先生，你儿子他是真的被人……”袁玥还想说什么，黄金强已经“砰”地一声关上大门。袁玥还想敲门，狄小飞轻轻拉一下她的衣摆，向她摇摇头，示意她不要再做无用功。

袁玥叹口气，只得带着狄小飞从台阶上走下来。

第三章　勒索电话

黄金强站在窗户后面，看见袁老师带着学生离开后，嘴角边仍然挂着一丝轻蔑的冷笑，自语道：“哼，就凭你俩也想来威胁我黄金强，还太嫩了点吧！”

“可是我刚刚打麒麟的手机，”徐佳佳在他身后说，“真的已经关机了。”

黄金强不当回事地摆摆手说：“他关机跟咱们玩失踪又不是头一回了，肯定是又躲到哪个网吧玩游戏去了。”

这时家里的用人张婶从厨房走出来说：“晚饭已经做好，要不要等少爷回来一起吃饭？”

黄金强朝小区门口望了一眼，说：“谁知道这臭小子什么时候回来，我肚子都饿了，别等他了，咱们先吃吧。张婶你给他留点饭菜，等他在外面野够了，自然会回来的。”

徐佳佳这个当后妈的，本就没为黄麒麟操什么心，这时看见丈夫一点都不担心，自然也就放下心来。

一夜无话。第二天早上，黄金强起床盥洗完毕，经过儿子房间门口，看见儿子卧室里没有人，就问正在客厅拖地的张婶黄麒麟晚上回家没有，张婶说：“少爷昨天晚上一直没有回来呢。”

“这个小王八蛋，竟然学会夜不归宿了。”黄金强看看手表，烦躁地说，“公司有事，我得去上班了，等他今天放学回家我再跟他算账。”

黄金强刚刚开车来到公司，还没走进办公室，手机就响了，一看是个陌生号码，他怔了一下，手机铃声足足响了半分钟，他才按下接听键。对方的声音粗暴而怪异：“喂，是黄金强吗?”

黄金强皱了下眉头，一边掏出钥匙打开办公室的门，一边说：“我就是，你是谁?”

对方沉声说：“你没有必要知道我是谁。我问你，你儿子昨天晚上没有回家吧?”

“是，”黄金强先是点一下头，接着又问，“你怎么知道的?”

对方干笑一声，说：“我当然知道，因为你儿子正跟我们在一起。”

黄金强一时间没有反应过来，问：“你是我儿子的朋友?”

“你这个傻逼!”对方终于失去耐心，露出本来面目，“谁他妈跟你儿子是朋友，老子告诉你，你儿子被我们绑架了!”

“兄弟，你混哪道的?”黄金强挺直腰杆说，“你还不知道我黄金强在平京市是什么样的人物吧?老子黑白两道都有朋友，你他妈敢在太岁头上动土，信不信我分分钟弄死你?”

“老子可不认得什么黄金强黄五强，老子只认识钞票。”对方狠声道，“你给老子听好，老子现在正式通知你，你儿子黄麒麟现在被我们绑架了，我们要价不高，两百万人民币，你交两百万赎金，我们立马放人。”

“要是我不给钱呢?”

“不给钱，你就等着给你儿子收尸吧。”对方冷笑道，“听说黄老板因为纵欲过度，早就失去了生育能力，对吧?也就是说，如果你儿子死在我们手里，你老黄家可就绝后了，你想再生一个也生不出来。所以孰轻孰重，你自己掂量掂量吧。”

毕竟儿子落到了对方手里，黄金强见绑匪不吃自己这一套，只得把口气软下来说：“行，不就两百万吗?对我没有压力，只要你保证我儿子的安全，我愿意支付赎金，就当是破财消灾。不过，我凭什么相信我儿子在你手里?”

对方说：“你放心，我会向你证明的。”

挂断电话后，黄金强的手机很快收到一条彩信，打开一看，里面是一张他儿子黄麒麟的照片。照片中的黄麒麟正被一根粗麻绳捆绑着扔在墙角里，脸上青一块紫一块的，衣服上还有斑斑血迹，显然落到绑匪手里之后吃了不少苦头。

黄金强心疼得眼泪都快掉出来了，立即给对方回电话说："行了，我马上给你准备钱，你别再为难我儿子。"

对方似乎对他的态度很满意，笑着说："这就对了嘛，我给你一个小时，你准备好两百万现金，等我的通知。当然，如果你要报警我也不拦你，你要自断香火，那我也没有办法，对不对?"

黄金强急忙对着电话说："好的好的，你放心，我绝不会报警的。"

挂断电话后，黄金强想起昨天傍晚袁老师来家里找他的事，这才知道他们说的是真话。他皱眉想了一下，立即叫来公司出纳，让她马上从财务室保险柜里拿出两百万元现金，用两个密码箱装好。

然后，他又打电话叫来公司保安队长阿超。阿超是一名退伍兵，长得身高体壮，不但会些拳脚功夫，而且跟随黄金强多年，对他忠心耿耿。

黄金强关上办公室的门，把儿子被两名绑匪绑架，对方向他索要两百万元赎金的事跟阿超说了。阿超有点摸不准老板的心思，就问："董事长，您的意思是……"

黄金强说："为了不激怒对方，咱们不能报警，所以这件事只能靠咱们自己来处理。等下我去交赎金的时候，你带上两三个机灵点的保安跟在我后面。"

阿超好像明白了老板的意思，忙点头说："好的，董事长，只要绑匪敢来拿钱，我保证叫他有来无回。"

黄金强瞪他一眼说："笨蛋，谁叫你去抓人了？据我所知，绑匪至少有两个人，所以他们一定会留下一个人看管麒麟，只派一个人出来收钱。你抓到拿钱的人也没有用，因为另一个绑匪见同伙没有拿钱回去，知道情况不妙，肯定会对麒麟下毒手的。"

"董事长，咱是个笨人，到底要怎么做，您就直说吧。"阿超拍着胸脯说，"您就是叫阿超赴汤蹈火，阿超也绝不皱一下眉头。"

"我的计划很简单，"黄金强看他一眼，说，"其实这区区两百万对于我黄金强来说，根本算不了什么。但是，第一，我怕那两个绑匪不讲规矩，拿到钱却不肯放人；第二，我黄金强在平京市怎么说也算是个有头有脸的人物，绝不能让这两个小蟊贼骑在头上拉屎，所以我要你带人暗中跟踪那个出来拿钱的绑匪，顺藤摸瓜找到他们的老巢。第一，救出麒麟；第二，把这两个绑匪给我揪出来，让他们见识见识我黄金强的手段！"

阿超一脸茅塞顿开的样子，挺了挺胸脯说："是，董事长，我明白了，我这就去召集人手，保证完成任务。"

没过多久，出纳就将两只黑色密码箱提进了董事长办公室。黄金强打开箱子检查了一下，里面各装着一百万元现金。这时阿超也已经做好准备，他挑选了三名身手敏捷、处事机灵的保安做帮手，正在隔壁房间随时候命。

黄金强看看手表，时间才过去半个小时。自出道以来，黄金强还从来没有这样被人在头上踩过，毕竟儿子的小命还捏在人家手里，他心中又气又急，又有几分担心。黄金强背着双手在办公室走来走去，竟有些坐立不安。最后，他还是掏出手机，主动拨打了绑匪的手机，但电话里传来的却是对方已经关机的提示音。黄金强心里不由得蒙上一层阴影。

幸好半个小时后，绑匪准时打电话过来了，问他赎金准备好没有。黄金强忙说已经准备好了。

“很好，河西公园你知道吧？”

“知道，就在柳林河的西岸。”

“现在你带着那两百万现金，一个人开车到河西公园去，我在那里等你。具体要怎么做，等你到公园后我再通知你。”

“我儿子他……”黄金强想借机问一下儿子的近况，对方却已经挂断了电话。

“王八蛋，现在让你嚣张一会儿，等下就叫你知道老子的厉害！”黄金强咬牙骂了一句，提着两只密码箱走出公司，开着自己的宝马车驶上了街道。阿超开着一辆并不起眼的黑色小车，带着三个同事，不紧不慢地跟在宝马车后。

河西公园在东城区，公园靠着柳林河西岸依河而建，并将河水巧妙地引入公园水池，建成了一个音乐喷泉。每当周末喷泉开放，总能吸引不少市民前来观看。但平常时候，到公园里来游玩的人并不多。

黄金强把车停在公园门口，左右看看，公园门口除了几个坐在台阶上嗑瓜子聊天的老太太，并没有其他人。他从后视镜里看见阿超的车已经跟上来，这才下车，提着两只密码箱往公园里面走去。

走到公园中心水池旁边时，手机响了，他戴着蓝牙耳机，按一下接听键，耳机里传来了绑匪的声音："黄老板，你来得挺准时的嘛。"黄金强突然意识到对方肯定也在公园里，而且正在偷偷窥探自己，急忙四下看看，但并没有发现什么可疑人物。

对方笑着说："你别到处看了，你是找不到我的，放心，你只要按我的话去做，等我们安全收到钱，你儿子自然就没事了。当然，如果你敢耍什么花招，我可就不敢保证你儿子的安全了。"

黄金强放弃了在公园里搜寻绑匪的想法，收回四处张望的目光，说："我明白，我只想救我儿子，我不会乱来。你在哪里？我怎么把钱交给你？"

绑匪在电话里指挥他说：“你一直往前走，走到公园最东边时，我再给你电话。”

黄金强只得点头同意，他提着钱沿着公园的鹅卵石路，一直往东边走去。

不到十分钟，他就走到了柳林河边。河边种着一些他叫不出名字的景观树，有风从干净的河面吹过来，十分凉爽。河面有四五十米宽，放眼望过去，对面是一个小山包，可能已经被人承包，山包上种着一些果树。小河两岸看不见人，一切都静悄悄的。

黄金强刚在河边停下脚步，手机又响了。绑匪说：“你向左转，往前走五米，那杨柳树下的草丛中有一个黑色皮袋，看见没？”

黄金强往左走了十来步，来到一棵柳树卜，果然在杂草丛中发现了一个很大的黑色皮袋。

绑匪说：“你把皮袋拉链打开，里面有一个很厚的塑料袋，对不对？现在你把两百万现金从密码箱里拿出来，全部装进塑料袋中。”

黄金强说声“好”，就立即蹲下身打开密码箱，目光悄悄向四周巡睃，可周围连个人影也看不到。这个家伙到底藏在什么地方？为什么他能看见我，我却瞧不见他？

黄金强皱一下眉头，不敢再浪费时间，赶紧乖乖地按照对方的指示，把两百万元现金从密码箱中拿出来，尽数放进塑料袋。

“用绳子把塑料袋扎紧!”绑匪又命令道。黄金强果然看见黑色皮袋里还有一根二三十厘米长的细绳，就拿起绳子将装钱的塑料袋口系紧。“好了，现在把拉链拉上。”绑匪说。

黄金强只得将黑色皮袋的拉链拉上。这样一来，两百万元现金就彻底装进了对方的口袋。

绑匪对他的合作态度感到十分满意，说：“好了，你从旁边扯一些杂草，将袋子掩盖住，然后就可以走了。记住，不准回头。我们收到钱，马上就会放你儿子回家。”

黄金强悄然四望，一直没有找到绑匪的藏身之处。他不敢轻举妄动，只得遵照对方的吩咐，在旁边扯一些杂草，将装钱的黑色皮袋彻底盖住，然后转过身大步离开。

走出数十米远，他才放缓脚步，很想回头看看那些钱还在不在，更想看看绑匪是怎样把钱取走的。但想到绑匪对他的威吓，生怕自己回头绑匪会对儿子不利，只得忍住。

又往前走了几步，黄金强忽然看见路边花坛里有动静，仔细一看，才知道是阿超带人埋伏在那里，正死死地盯着放钱的地方，只等绑匪现身拿钱，就可以神不知鬼不觉地跟上去。

黄金强对阿超的办事能力表示满意。既然阿超已经按计划行事，那他就没什么好担心的了，他舒了口气，快步走出公园。

黄金强的宝马就停在公园大门口。他拉开车门钻进去，并没有急着驾车离开，而是坐在车里等候阿超等人的消息。可是等了十多分钟，仍不见阿超他们出来。他心里有点忐忑，难道阿超这边出了意外？

黄金强很想再次进入公园察看究竟，但又怕被绑匪发现他去而复返，要是绑匪因此识破他们的计谋，那就得不偿失了。他只好又耐着性子在车里等了十多分钟，可还是没有阿超的消息。难道公园还有其他出口，阿超他们跟踪绑匪从别的出口离开了？

黄金强跳下车，问那几个坐在门口嗑瓜子的大妈："河西公园除了这个正门，还有其他出口吗？"大妈说还有两个侧门，在公园两边。

黄金强"哦"了一声，心想难怪，绑匪拿到钱肯定不敢走大门，而是从侧门溜走，阿超带人从侧门跟了出去，所以我守在大门口瞧不见他们出来。他赶紧掏出手机给阿超打电话。

手机很快就通了，黄金强问："阿超，你现在在哪里？"

阿超压低声音说："董事长，我还在公园里呢，一直埋伏在花坛里没敢动。"

黄金强一愣，问："你怎么还在那里？"

阿超说："我们一直盯着那个放钱的地方，绑匪还没有来取钱，所以我们也不敢动。"

“怎么会这样?”黄金强看看表，已经过去了半个多小时，绑匪怎么还没有来拿钱，难道他们不想要钱了？

又等了好一会儿，再打电话给阿超，仍然没有动静。黄金强觉出情况不妙，再也按捺不住，快步走进了公园。

他来到花坛边，阿超顶着一头树叶从花丛里跳出来，说：“董事长，绑匪怎么还没有来拿钱?”

黄金强朝不远处那棵杨柳树望了一眼，树下草丛里他堆放的那些杂草还保持着原样，看上去并没有被人移动过。他问阿超：“你一直在这里盯着?”阿超说：“对啊，我一直趴在这里盯着呢，就算是一只蟑螂爬过去，我也会看见的。”

黄金强四下里看了看，除了远远的有一个穿黄色马甲的清洁工在打扫卫生，周围并没有其他人。

他再拨打绑匪的手机，显示已经关机，再细看柳树下放钱的地方，虽然还被一堆杂草掩盖着，但他一眼看去，总觉得有什么地方不对劲。他观察了一下，对阿超挥挥手说：“走，咱们过去瞧瞧!”阿超跟在他身后，两人一边警惕地四下张望，一边朝放钱的地方靠近。

走到柳树下，黄金强看到他亲手掩盖在黑色皮袋上的杂草还在，但是看上去位置好像比原来低了一些。

他终于觉出异样，上前三两下扒开那些杂草，下面已经空空如也，哪里还有那个装着两百万元现金的黑色皮袋。

他和阿超两人惊得面面相觑。阿超跳起来大叫道：“这、这怎么可能？董事长，我、我可以对天发誓，刚才绝对没有人靠近过这里！”

黄金强也是一头雾水，瞪着他问：“你确定刚才你一直在盯着这个地方？”

阿超点头说：“我确定，自从你把钱放进那个袋子之后，我就一直盯着这里，连眼睛也不敢多眨一下。再说不光我一个人看着，其他三个兄弟也一起在监视着，如果有人走过来拿钱，绝不可能不被咱们看见。”

黄金强倒吸了一口凉气，说：“这倒是怪了，难道绑匪会隐身术，跑过来拿钱连个影子也没让你们看到？”

阿超一拍脑袋说：“会不会地下有个洞，绑匪从地洞里钻出来把钱拿走了？”

黄金强猫下腰，在放钱的地方用力踩了几脚，可以确认地面是结结实实的，并无地洞，从地底下把钱拿走显然不可能。既然如此，那些钱到底是怎么在阿超等人眼皮子底下不翼而飞的呢？

他在柳树下转了一圈，忽然发现了一些端倪，放钱的位置和地面的杂草都有向柳林河这边歪倒的迹象，顺着这条痕迹找下去，终于在河岸边看见一条向河水中延伸的拖痕。他这才恍然大悟，原来这钱是被绑匪从水中拿走的！

他朝对岸看看，心中已经大致明白绑匪的作案手法。绑匪提前把黑色皮袋放在小河西岸，袋子下面系着一条长绳，然后躲在小河东岸牵着绳子的另一端，绳子的中间部分则完全沉入水底，所以难以被人发现。

黄金强这才明白，绑匪为什么要他把钱放在一个厚厚的塑料袋里并将袋口扎紧，那是为了防水。他把钱放好离开后，绑匪只要在对岸轻轻扯动绳子，装钱的皮袋就会从半米多高的杂草丛中神不知鬼不觉地滑入河中，再被对方从河底扯到对岸，最后将钱取走。阿超等人趴在花坛里，虽然一直在监视着这边的动静，但他们的注意力主要放在了搜寻绑匪上，而且他们隐身的位置有点低，看不到河面上的情况，所以完全没有察觉到装钱的袋子已经从草丛里悄悄滑进河水中了。

黄金强手搭凉棚望向对岸，成片的果树挡住视线，根本看不到人影。

阿超问："要不要找条船追过去？"黄金强叹口气说："追过去也没有用，绑匪至少已经把钱取走半个小时以上，早就跑远了。"

第四章　人财两空

走出公园，阿超问："董事长，现在怎么办？咱们要不要继续追查绑匪的踪迹？"

"追查个屁啊！"黄金强瞪他一眼，恼火地说，"咱们连对方的影子都没看到，怎么去追查？"

阿超生怕他将这件事怪罪到自己头上，挠挠头，不敢再吭声。

过了半晌，黄金强才挥挥手说："没用的东西，都回去吧，别在这里丢人现眼了。"

"这就回去？"阿超有点不服气的样子，"难道咱们就这样放过那些绑匪？"

"不放过他们又能怎样？这次我黄金强算是认栽了。"黄金强钻进自己的宝马，一边发动汽车，一边没好气地对几个手下说，

“都回去吧，现在咱们只能寄希望于这帮绑匪都是讲信用的人，拿到钱后会依约放人。要不然，咱们这个跟头可就栽大了！”

回到公司，黄金强担心儿子的安危，自然无心办公，连续几次拨打绑匪的电话，对方始终处在关机状态，气得他把手机“啪”地一声扔在桌子上。一想到把手机摔坏，万一等下绑匪打电话过来接不到，又赶紧拿起手机检查，幸好没有摔坏。

他一屁股瘫坐在沙发上，手里紧紧攥着手机，现在唯一能做的，就是等，等绑匪打电话过来，告诉他黄麒麟已经被他们放走。

一直到下午，手机倒是响了好多次，可都不是绑匪打来的，他又打绑匪的手机，仍然没有开机。下班回到家，问儿子回来没有，徐佳佳摇头说没有。他又打电话到儿子的学校，校方说黄麒麟同学今天没有到校上课。

黄金强已经知道大事不妙，绑匪拿到钱，并没有放人，而且连手机也关了，他根本不可能再联络到对方。

黄金强勃然大怒，在心里把那两个不守信用、拿了钱不放人的绑匪的祖宗十八代都问候了一遍。当然，绑匪并没有因为他的“问候”而放了黄麒麟。

他守着手机，一夜未睡，熬到第二天早上，仍然联系不上绑匪，也没有黄麒麟的半点消息。张婶将早餐端到他面前，黄金强此时哪还有心情吃早餐，他不耐烦地挥挥手，张婶赶紧又将早餐端下去了。

徐佳佳说：“咱们给了钱，绑匪却不肯放人，我担心麒麟是不是遇上什么危险了？老公，要不咱们报警吧。”

黄金强瞪着眼睛说：“报警？要是绑匪察觉到风吹草动，立即对麒麟下毒手怎么办？”

徐佳佳说：“绑匪拿了钱不放人，是他们失信在先。警方是处理这类案件的专业人士，咱们报警后，只要警方展开秘密调查，绑匪一定不会察觉到的。再说现在钱也给了，麒麟还是没有回家，绑匪玩失踪，电话也打不通。除了报警，也没有别的好办法了。”

黄金强皱起眉头在屋里踱了几圈，最后觉得妻子分析得也有道理，他叹口气，拿起旁边的座机，拨打了110报警电话。

放下电话不到十分钟，门铃就被人按响了，张婶急忙跑去开门。门口站着三个人，为首一人是一个身材魁梧的中年汉子，穿着一件藏青色T恤，脸上轮廓分明，给人一种不怒自威的感觉。

黄金强走到门边，警惕地问：“你们是什么人？”

三个人走进大厅，回身关上大门后，那中年男子才掏出警官证向他亮了一下，说：“我叫宋铎，是市公安局刑警大队大队长。”又指指身后一男一女两个年轻人，“她叫苏晚晚，这个叫曹亮，都是我的助手。刚才是你报的警吧？”

黄金强急忙上前抓住自称宋警官的手，像是盼到了救星一样，说："对，是我报的警，我儿子被人绑架……"

宋铎忽然抬起手止住他的话头，苏晚晚明白队长的意思，上前将客厅的窗帘拉上。宋铎说："我们接到报警后觉得这个案子比较重大，考虑到绑匪有可能在监视你的住处，所以不敢带太多警员过来，更不敢穿警服，只能便装行事。"

黄金强见警方行事如此专业细心，绝非他手下那几个保安可比，心下稍安。请三位警察在沙发上坐下后，他就把昨天早上自己接到绑匪电话得知儿子被绑架，然后到河西公园交了两百万元赎金却不见绑匪放儿子回家的经过，详细地说了一遍。

宋铎认真听着，自始至终没有插一句话，直到黄金强讲完，才看着他问："还有别的情况要补充吗？"

黄金强偏着头想一下，说："别的情况……好像没有了。"

徐佳佳在旁边用手肘碰他一下，说："那天不是有个女老师来找过你吗？"

黄金强这才想起来，一拍大腿说："对了，前天傍晚，我儿子的班主任袁老师到家里来找我，她说她看见两个戴墨镜的年轻男人在学校附近的小巷里把我儿子强行掳走了。当时我以为她是在撒谎骗我，所以并没有相信。直到第二天早上接到绑匪的电话，我才知道袁老师说的是真的。"

宋铎听了，回头跟两个助手交换了一下眼神，三人都略略松了一口气。既然有目击证人，这案子就好办多了。

宋铎问黄金强：“你儿子在哪里上学？”

黄金强说：“他在平京实验中学高二（5）班读书。那个老师叫袁玥，是我儿子的班主任。”

宋铎点点头，又问：“绑匪跟你通过电话，对吧？”

黄金强说：“是的，从第二次通话开始，我就多留了一个心眼儿，悄悄把通话内容录了下来。”

他拿出手机，把电话录音播放给三个警察听。

宋铎一听，绑匪的声音明显是经变声器处理过的，听起来粗暴而怪异。除此之外，从双方对话中再也找不出什么有用的线索。他看了一下来电号码，让曹亮记下，又问了黄金强夫妇一些其他问题，二人据实回答。但由于他俩也没有见过绑匪，所以无法为警方提供更多线索。

宋铎想了一下，回头对两名助手说：“小亮，你去一趟电信公司，看能不能根据对方手机号追查到机主的身份信息。小苏，你跟我去一趟平京实验中学，咱们去找那位袁老师了解一下情况。”

黄金强站起身说：“我跟你们一起去学校吧，我认识那个老师。”

宋铎说：“不用了，你去了也帮不上忙。最关键的是，万一绑匪在监视你，看见你老是跟我们几个人在一起，肯定会起疑心，万一被对方知道你报警了，你儿子可能会有危险。你还是待在家里，手机千万别关机，要是绑匪再打电话过来，要立即通知我们。”

黄金强点点头，拉住他的衣服说：“警察同志，那你觉得我儿子他……”

宋铎不知道该怎么回答他，低头想了想，说：“这个案子我们才刚刚接手，具体情况还不太了解，但根据现在的情况来看，你们并没有激怒绑匪，你儿子暂时应该是安全的。你放心，我们警方会抓住一切机会，争取尽快破案，把你儿子救出来。”

“那就拜托了！”黄金强低头道谢。

离开黄金强住的锦绣花园小区后，宋铎他们兵分两路，曹亮去电信公司调查，而宋铎则带着苏晚晚直奔平京实验中学。在高中部教师办公室，他们找到了黄麒麟的班主任老师袁玥。

袁玥看见宋铎朝她亮出警官证，先是一怔，旋即反应过来，说：“你们是为黄麒麟的事来的吧？”

宋铎点头说：“是的。”

袁玥问：“他怎么样了？”

宋铎说：“他被人绑架，他爸黄金强交了两百万元赎金，但绑匪并没有放人，所以黄金强只好报警求助。”

袁玥“哦”了一声，好像并没有感觉有多意外地说：“如果他相信我的话，前天傍晚黄麒麟被绑架后第一时间报警，也许事情还不至于这么糟糕。”

宋铎点点头，表示同意她的观点，又问：“听说你目睹了黄麒麟被人绑架的全过程?”

“不是我，”袁玥掠了一下垂到耳边的头发说，“是我的一个学生，他叫狄小飞，要我去把他叫过来吗?”

宋铎说：“好的，多谢你了。”

袁玥跑上楼，把狄小飞从教室里叫出来。因为下楼梯时，袁老师已经告诉狄小飞说有两个警察要找他，所以狄小飞在一楼教师办公室见到宋铎二人时，并不感到吃惊。宋铎搬过一把椅子，让他坐下后问他：“狄同学，你们班的黄麒麟被人绑架，一直到现在都没有被放回来。听说你曾看见他被人绑架的全部经过，是吧?”

狄小飞点点头说：“是的。”

宋铎在他对面坐下来，说：“能跟我说说当时的情况吗？越详细越好。”

狄小飞扭头看看袁老师，见袁老师在向他点头，就说：“好的。”于是就把前天傍晚自己在学校外面鸡毛巷里看到的两个墨镜男绑架黄麒麟的经过详细说了一遍。

宋铎听完后问：“当时你是否留意到两个绑匪身上有什么明显

的特征？”

“那两个人，一个身材高大，至少有一米八五，另一个个子很矮，可能还不到一米六五。”

“除了身材高矮，还有其他特征吗？”

狄小飞想了一下，搔搔后脑勺说：“这个倒没有特别留意，当时我吓得不轻，躲在一根柱子后边根本不敢探头多看。而且那两个人都戴着棒球帽和大墨镜，就算我多看几眼，也没法瞧清他们的相貌。”

宋铎略略有些失望，说：“也就是说，即使你再次见到那两个人，也不可能认得出他们来，对吧？”

狄小飞点头，沉默了片刻，他忽然说：“不过……”

宋铎看着他问：“不过什么？”

狄小飞说：“不过我记住了他们的车牌号，他们开的是一辆白色面包车，车牌号是……”他一边回忆，一边把那辆面包车的车牌号说了出来。苏晚晚忙掏出笔记本记录下来。

宋铎接着问：“你刚才说，黄麒麟被绑架的地点，就在你们学校附近一条偏僻小巷里，我猜想这条小巷并不是你回家的必经之路，对吧？”

见狄小飞点头，他又追问了一句，“那么能否告诉我，放学后你为什么没有直接回家，而是去了那条巷子？”狄小飞迟疑一下，最后把黄麒麟用暴力威胁他，向他强行索要跑车模型，并叫他放学后在鸡毛巷等他的事，都说了出来。

宋铎听完，不由得皱起眉头说：“如此说来，这个黄麒麟在学校并不是什么受欢迎的好学生，对吧?”

“他不但跟‘好学生’这三个字挨不上边，而且简直就是咱们学校里的一个恶霸!”狄小飞一激动，顾不得旁边一脸老年斑的教导主任一个劲地向他使眼色，一口气把黄麒麟怎么欺侮同学殴打老师为害校园，成为校园“黄天霸”的“辉煌业绩”都说了出来。

苏晚晚一边在笔记本上记录，一边插话问道：“那你觉得他被绑架的事，跟他在学校的恶劣行径有关系吗?”

狄小飞转头看着她，很快就明白她问这句话的意思，摇头说：“应该没有什么关系吧，虽然学校里的同学都恨不得他出门被车撞死，但要说到真的动手绑架他，而且还向他那个暴发户老爸勒索两百万元，估计借大伙儿几个胆子也没有人敢做。如果是我……”

“如果是你又怎么样?”

“如果是我，就邀请几个同学一起扮成蒙面大侠，把这个王八蛋捆起来狠揍一顿，每个人在他身上撒泡尿，然后将他扔进阴沟里……”还没说完，狄小飞就哈哈大笑起来。

宋铎从狄小飞的笑声里听出了幸灾乐祸的意味，他微微皱起了眉头。旁边的教导主任瞪着狄小飞用力咳嗽一声，狄小飞急忙止住笑声坐直身子。宋铎说："狄同学，我们想耽误你一节课，你带我们去黄麒麟被绑架的那个地方看看，可以吗？"

狄小飞故意朝教导主任努努嘴，说："主任平时对我们管得很严，上课期间不准随便走出校门。"

宋铎又把目光朝教导主任看过去，教导主任吓得一哆嗦，赶紧赔着笑脸说："特殊情况可以出去，特殊情况可以出去。"

狄小飞看着平时趾高气扬的教导主任在警察面前低头哈腰的样子，心里偷偷直乐。他从椅子上站起身，拍拍屁股走出教师办公室，带着两个警察从学校大门走出去，向左拐个弯，往前走不远，就拐进了鸡毛巷。

宋铎走进巷子，尽管外面大街上人声嘈杂，但巷子里却很安静。两边的平房都大门紧闭，没有声音传出来，偶尔有辆摩托车从巷子深处开出来，能吓人一跳。

狄小飞朝一间平房台阶上的水泥柱指了一下，说："当时我就躲在那个柱子后面，黄麒麟是在离我大约二十米远的地方，被那两个墨镜男强行带走的。"接着，他又指了一下黄麒麟被那个高个子墨镜男用扫堂腿扫倒的地方。

宋铎蹲下去看了看，水泥地面年久失修，早已坑坑洼洼，想在这里找到前天傍晚绑匪留下的痕迹，显然不太可能。他站起身，看着小巷出口的方向，想着当时黄麒麟被人捆绑后抬上面包车的情景，目光中透出一丝茫然。

苏晚晚说：“宋队，其实咱们手里已经掌握了一条重要线索。”

宋铎恍过神来，看着她问：“你是说那辆白色面包车？”

苏晚晚说：“是的，狄同学记住了车牌号，也许咱们可以从这里入手调查。”

宋铎苦笑一声，说：“但愿这个车牌号能对咱们有点帮助。”

第五章　绝境追踪

下午，曹亮回到刑警大队，向宋铎报告了自己去电信公司调查的结果。

曹亮赶到电信公司后，对绑匪联系黄金强时使用的手机号展开调查，发现这个手机号居然还是用实名登记的，机主名叫周长庚。手机卡在电信公司注册的时间是十天前，但开通之后一直没有使用，直到昨天早上才向外拨出第一个电话，这个电话正是打给黄金强的。曹亮打印了这个手机号的所有通信记录，发现机主从头到尾只跟黄金强联络过。

宋铎说："如此看来，周长庚开通这个手机号，就是为了跟黄金强联络。开卡时间是十天前，这说明他们在十天前就已经开始预谋绑架黄麒麟了。"

曹亮喘口气说："一开始我也是这么以为的，后来调查了一下这个周长庚，才发现情况远比我们想象的要复杂。"

曹亮拿到周长庚注册手机卡时所使用的身份证复印件，发现他是本地人，就住在西城区，今年已经55岁。曹亮根据身份证上的地址找过去，还真找到了这个周长庚，他瘸着一条腿，行动不便，走路要拄拐杖，在自己家里开了一间路边小店卖些杂货，顺便在门口摆个玻璃小柜，兼着出售手机卡、充值卡之类的东西。

问到这个手机号，周长庚倒是爽快地承认了，说这个号是用他的身份证在电信公司开通的。他告诉曹亮，现在很多人不愿意去电信公司用身份证登记开卡，所以他就用自己的身份证去不同的电信公司开通许多手机卡，再拿回来高价出售。对于曹亮询问的这个手机卡是什么时候卖出的，卖给了什么人，他已经完全没有印象了。因为这是一家路边小店，没有安装监控摄像头，曹亮想查也无从查起。

曹亮回到市局又查了一下，这个周长庚用自己的身份证开通了多个手机卡高价卖给别人，有好几个人拿着从他那里买的卡去从事电信诈骗，最后追查到周长庚这里线索就断了。因为他是一个残疾人，还要一个人开店养两个年幼的孙子，所以警方也拿他没有办法，事情最后都不了了之。他的小店也一直开着，没有谁动真格去查封它。

宋铎说："那也就是说，绑匪手机号这条线索，到这里就断了？"

曹亮有点沮丧，点头说："是的。"

正说着话，苏晚晚回来了。她在单位吃过午饭后，就去车管所调查绑匪使用的那辆白色面包车的车牌号，结果发现那是一辆套牌车，那个车牌号属于一辆本地黑色丰田车，跟面包车完全没有关系。所以想从车牌号查到绑匪的信息，也不可能了。

宋铎听到这个结果，倒也不觉得意外。他早就想到，绑匪敢大白天开车掳人，连车牌都不遮掩，肯定是有恃无恐，知道警方没有办法根据车牌号查到他们头上。

这时宋铎的手机忽然响起来，一接听，居然是黄金强打来的。宋铎问："是不是绑匪联系你了？"

"绑匪没有联系我，我打他们的手机也打不通。"黄金强带着哭腔说，"宋警官，我儿子有消息吗？他会不会已经……"

宋铎沉默了一下，说："警方正在全力调查，暂时还没有你儿子的消息。"

黄金强忽然咬牙说："我已经想好了，我准备悬赏一百万，谁能救出我儿子，我就给他一百万。"

宋铎忙阻止道："如今你儿子还在绑匪手里，你千万不要这么张扬。要知道你任何一点过激的举动都有可能激怒绑匪，那样只会对你儿子更加不利。”

黄金强改口说：“那我把这一百万送给你，你把我儿子救出来。”

宋铎忍不住笑道：“我们警察破案是不收钱的。”

黄金强愣了一下，也许是没有想到这世界上还有办事不收钱的人，然后他又在电话里把胸脯拍得“啪啪”直响，粗声大气地说：“宋警官，只要你们能把我儿子救出来，以后警察不管有什么事找我帮忙，我一定赴汤蹈火，万死不辞！”

宋铎心中一乐，暗想这个黄金强浑身江湖习气，一点不像个企业家，倒像是个帮派老大啊。他忽然想到什么，说：“哎，你别说，我们还真要找你帮忙。”

黄金强说：“有事您说话。”

宋铎说：“我们已经调查过绑匪的手机号和车牌号，都没有线索。现在我们决定‘两条腿走路’：一个是调查你的人际关系，尤其是生意场上的往来，看是不是有人因为对你怀恨在心而绑架你儿子；另一个，我们想到河西公园你给绑匪交赎金的地方看看，但我们不知道具体地点，所以必须由你带我们过去。”

黄金强说：“行，我在公园门口等你们。”

挂断电话后，宋铎带着苏晚晚和曹亮立即驱车赶往河西公园。到达时，黄金强已经在公园大门口等着他们了。宋铎下车后四下里看了看，见周围并无可疑人员，这才走近黄金强。

黄金强朝他们点一下头，带着他们走进公园，沿着那条鹅卵石路一直走到柳林河边。

黄金强指着那棵柳树说："当时绑匪就在这棵树下的草丛里放了一个黑色皮袋，他让我把钱装进袋子，然后离开。当时我们公司的保安队长阿超带着三个人就埋伏在前面不远的花坛里，一直监视着这边的动静，却没有看见绑匪现身拿钱。后来我才发现，那个黑色皮袋下面应该还系着一根绳子，绑匪在河对面牵着绳子另一端把皮袋从水底下扯过去，然后直接把钱拿走了。"

宋铎凑到河边看了一下，发现黄金强的分析不无道理，虽然已经过去了一天的时间，但河边倒伏的杂草还没有完全站起来，钱袋在河岸边被拖拽过的痕迹仍然很明显。他又抬头看看河对岸，对面是一片果树林，河边长着半人多高的蒿草。显然绑匪是躲在对面草丛中拿着望远镜一边观察黄金强的行动轨迹，一边在电话里指挥他把钱放进事先准备好的黑色皮袋的。

他的目光从河面扫过，这条柳林河并不宽，河面漂着一些空矿泉水瓶，还有一些被风吹落的树叶。一个戴着草帽的老头儿撑着一条小船在河面上用网兜打捞水中的垃圾，他身上穿着黄色马甲，应该是公园的清洁工。

等那老汉撑船靠岸后，宋铎上前朝他亮了一下证件，然后说：

“大爷，我们想借用你的船到对岸看看，可以吗?”

老汉爽快地点头应允，看了他们一眼，又说：“河面风大，还是我送你们过去吧。”宋铎道声谢，几个人上了小船，老汉将竹竿往岸边一点，小船就离岸而去。

几分钟后，小船到了柳林河东岸。宋铎下船后发现东岸地势较高，是一个隆起的大山丘，山丘上种满橘子树，果园很大，一眼望不到边，除了有几只山雀飞来飞去，果园里不见一个人影。

宋铎在岸边略一观察，就看见与西岸那棵柳树相对的地方，有一片草地明显有被人踩踏过的痕迹，靠近水边泥土上还有一道一尺多宽的拖痕，那个装满现金的黑色皮袋，应该就是在这里被绑匪拖上岸的。他蹲下身仔细察看，可惜无法找到绑匪留下的足印。

宋铎抬眼四望，看见杂草丛中竟有一条小路蜿蜒着向外延伸，这样的地方绑匪不可能开车进来，两百万元现金加上袋子的重量，至少有五十斤。绑匪提着这么重的东西走这样的山路，应该会很吃力，如果计划周详的话，绑匪肯定会事先准备一辆简便的手拖车，那两百万元到手之后往手拖车上一放，拉着车从这鬼地方走出去就轻松多了。

宋铎跟苏晚晚和曹亮扒开杂草，低头寻找片刻，果然在小路上看到了一个手拖车车轮印迹。

曹亮顿时兴奋地叫道："这只老狐狸终于露出尾巴了。"

宋铎让那老汉一个人把船撑回去，他则带着苏晚晚、曹亮和黄金强三个人，沿着掩藏在杂草丛中的小路向前追踪。小路高低不平，曲折难行，但再往前不远，路面上又出现了手拖车车轮滚过的痕迹。宋铎点头说："看来绑匪拿到钱后，确实是从这个方向逃走的。"

众人沿着小路寻觅着车轮印迹向前走了两三里，忽然感觉眼前光线一亮，终于走出那片果园了，接着是一段下坡的黄土路。从土丘上走下来，前面就没有路了，但右边却出现了一座石桥，横跨柳林河两岸。如果绑匪是从这里下山，那么石桥是他的必经之路。

众人走过石桥，对岸桥头是江南汽车修配厂的后门。顺着围墙下的狭窄通道绕过汽车修配厂，一路上没有碰到一个行人。再往前走就是一条大街，大街上车流密集，喇叭声此起彼伏，叫得人心烦。很显然，在这里已经不可能找到手拖车经过的痕迹了。

苏晚晚苦着脸说："这就有点麻烦了。估计绑匪事先把车停在这附近，从山上拿到钱用手拖车拉到这里，立即上车走人了。从山上果园到这里，一路上很难遇见人，恐怕现在想找一个目击证人都难。"

果不其然，曹亮问街道两边店铺的人，昨天上午有没有看见有人用手拖车拉着一个黑色皮袋从这里走过。店里的人只是茫然地摇头，说大街上人太多，根本没有留意。

曹亮不禁有点泄气，说："好不容易发现一点线索，辛辛苦苦追踪到这里，居然又断了。"

黄金强听他这样一说，又急了，嚷道："难道真的没有办法可想了吗？警官，你们不是有警犬吗？快把你们最好的警犬调来，不管多少钱我都出，一定要把那两个王八蛋给我嗅出来。"

宋铎摇头说："这是在大街上，人声嘈杂，嗅源也很复杂，而且又是一天前的事了。就是二郎神的哮天犬，也不可能嗅出犯罪分子的气味的。"

黄金强急得"啪啪"直跺脚，大声叫道："那怎么办？都追到这里了，难道就这样放弃？要是我儿子出了什么事，我跟你们没完。"

曹亮忍不住语带讥讽地说："既然黄老板这么精明，那你说现在这个案子该怎么查？"

黄金强说："我看绑匪很可能就藏身在这附近，你们多调一些警察过来，最好把特警啊、飞虎队啊都召集过来，在这方圆十里之内做一次地毯式搜查，肯定能找到我儿子。你放心，钱不是问题，只要能救出我儿子，多少钱我都愿意出……"

宋铎眉头一皱，终于忍不住发火了，瞪着他道："你再跟我提一个‘钱’字，这案子老子不查了，你有钱爱请谁查请谁查。”

黄金强被他唬得一愣，看了他一眼，咽下一口口水，再也不敢吭声。

宋铎在大街上转了一圈，这里不是城区主干道，街上也没有安装监控探头。他想了一下，忽然掉转头，原路返回。

苏晚晚从后面追上来问：“宋队，咱们这是要回果园再把这条路重新走一遍吗?”

宋铎凝神沉思，没有吭声。

一行人很快就沿着汽车修配厂围墙下的小路走回到石桥，宋铎忽然止步了。后面的曹亮走得太急，竟一头撞到了他的肩上。宋铎站在石桥中间，转头观察着周围的环境。曹亮感觉有点莫名其妙，一边四下里看着，一边问：“宋队，有什么不对劲吗?”

宋铎沉声说：“我总觉得刚才我们好像忽略了什么。”就在这时，他向四周巡视的目光忽然定格在石桥那头汽车修配厂的后门口。曹亮顺着他的目光瞧去，只见那扇铁皮门是紧闭着的，门框上方的围墙上爬着几根青藤，并无奇特之处。

宋铎说：“你再看看那青藤下面是什么?”

曹亮走近几步，擦擦眼睛仔细一瞧，只见一阵风吹过，围墙上的青藤随风摆动，隐约露出叶片下一个什么东西来。他还要走近再看，苏晚晚已经明白过来：“那是一个监控探头!”

宋铎说："不错，那就是一个监控摄像头，而且镜头正好对准了这个石桥，只要有人从石桥上走过，肯定能被拍下来，就是不知道镜头有没有被树叶挡住。"

"这可真是天助我也！"曹亮兴奋地吹了一声口哨，说，"走，咱们进去看看监控视频！"

第六章　“绑匪”落网

宋铎等人绕到江南汽车修配厂大门口，走进去时，看见修配厂里停着十多辆汽车，一些修理工正在车子下面忙碌着。

宋铎拉住一个工人问：“你们厂的保安在哪里？”

工人翻翻眼睛说：“我们厂没有保安，只有一个看门老头儿。不过他白天不上班，只有晚上才睡在厂里守夜。”

宋铎又问：“那你们老板呢？”

工人朝旁边一个关着门的房间努努嘴，说：“在办公室呢。”

宋铎道声谢，走过去推开了老板办公室的门。一个身材肥胖的男人，正跷着二郎腿坐在屋里喝功夫茶。

宋铎朝他点了一下头，问：“你是这儿的老板吧？”见对方说“是”，他又掏出证件向对方亮了一下，说，“我们是公安局的，想调看一下你们厂里的监控视频。”

胖子老板点头说：“行，没问题，请跟我来。”

胖子老板起身把他们带进后面一间大办公室，屋里摆着三四台电脑，有两个像是办公室文员的小姑娘正在埋头打印文件。

胖子老板把他们带到一台电脑前，说：“这个就是监控终端，咱们厂以前本来只在大门口安装了一个监控探头，后来厂里连续被盗数次，被偷走的都是一些贵重的汽车零配件。还有一次，一辆宝马车停在咱们这里维修，夜里竟然被人掰走了两个倒车镜，害得我赔了好几万块钱。警察来调查过，说小偷是从后门进来的，还在后面的石桥上发现了几个脚印，后来我又在后门口安装了一个监控探头。”

他叫过来一个小姑娘，小姑娘熟练地操作电脑，很快就调出了后门的监控视频。

女孩问：“你们要看什么时候的视频?”

宋铎扭头问黄金强：“你昨天交赎金是什么时候?”

黄金强说：“大概是上午10点，对，当时我进公园时还看了一下手表，就是10点。”

宋铎对操作电脑的女孩说：“就从昨天上午10点往后看。”

于是女孩调出昨天上午的视频文件，从10点开始，一帧一帧往后快进。

镜头拍摄的是修配厂后门口的画面，那座石桥正好在监控范围内。因为后面的道路比较偏僻，行人罕至，视频快进了一二十分钟，除了有一条野狗从镜头里闪过，再也没有看见其他活动的物体。

众人都睁大眼睛盯着电脑里的视频画面，正看得眼睛发涩时，忽然镜头中出现了一道人影，正快步从石桥那头走过来。等这人走到石桥中间时，大伙都看清楚了，这人手里拖着一个手拖车，车上放着一个鼓鼓囊囊的黑色皮袋，居然与警方要找的犯罪嫌疑人的特征完全一致。可惜由于对方距离摄像头太远，又一直垂着头，根本看不清具体样貌。好在那人走到石桥这一头时，无意中抬头朝修配厂后门的方向望了一眼，就在这不足半秒钟的时间里，高清监控探头精准地捕捉到了这个人的脸部轮廓。

宋铎让那女孩将这个人的脸部镜头截屏后放大，众人凑近电脑显示屏一看，都大感意外。这人居然是一个年轻女子，与警方先前掌握的绑匪是两个男人的情况完全不相符。

就在这时，忽听黄金强“哎呀”一声，一屁股跌坐在后面的沙发上。宋铎心知有异，回头盯着他问：“你认识这个女人?”

“我、我……她、她……”

黄金强看着电脑里那张经过放大后定格的年轻女人的脸，脸上一阵青一阵白，竟说不出话来。

宋铎不由得火了，道：“这都什么时候了，你儿子在绑匪手里危在旦夕，你还不肯说实话?”

黄金强左右看看，见不光三个警察直盯着他，连汽车修配厂的胖子老板和两个女员工，也正一齐看着他。他不由得有些尴尬，假装咳嗽一声，凑到宋铎跟前小声说：“宋警官，咱们能否到外面说话?”

宋铎看了他一眼，一边示意曹亮把这段监控视频拷贝下来，一边跟着他走到外面。

黄金强一直走到修配厂前面的空地上，见周围没人，才低声说：“这个女人叫郭芙蓉，是我以前包养的情人。”

宋铎听他遮遮掩掩絮絮叨叨地说了半天，才渐渐明白过来。

原来这个女人叫郭芙蓉，今年25岁，是平京市麻河口镇人。大约三年前，她应聘到黄金强的公司做董事长秘书。郭芙蓉毕业于名牌大学，人又长得漂亮，算得上是一个气质美女，黄金强经常单独带她出差，并暗中给她一些好处。经过几次试探，美女很快就被他推倒在床上。一来二去，郭芙蓉就从女秘书变成了小蜜，被他重金包养，成为他的专职情人。

但是从今年开始，黄金强就厌倦了这个女人，开始慢慢疏远她，并于两个月前向她正式提出分手。郭芙蓉也不是个善茬儿，她跟黄金强说：“分手可以，至少得赔我一百万青春损失费。”黄金强撇嘴说："你就是一个破鞋，跟老子睡觉的时候就已经不是处女了，哪里值一百万？"最后给了她二十万元，要打发她走。郭芙蓉自然不干，她跑到公司去闹，还威胁他说要去找他老婆摊牌。黄金强哪里会受她的威胁，叫阿超带着几个人把她掳到一间黑屋里，直接就是一顿狠揍，打得她跪地求饶，答应再也不找黄金强的麻烦，这才放过她。

从此之后，这个女人果然没有再来纠缠黄金强。黄金强本以为这件事就这么过去了，谁知今天在监控视频里看到这个绑架他儿子敲诈他两百万元的绑匪，竟然是郭芙蓉，他当时就震惊了。

"妈的，这个贱女人！"黄金强右手握拳，狠狠地砸在左手掌心里，咬牙道，"早知道她如此不识抬举，当初我就应该找人把她给做了……"说到这里，忽然意识到自己是在警察面前说话，这才悻悻地闭上嘴巴。

宋铎说："如此说来，很可能是因为这个郭芙蓉对你心怀不满，所以花钱雇两个男人绑架你儿子，向你勒索两百万元。因为她信不过请来的那两个男人，所以收钱的时候只能自己出马。她本以为计划周全，在这么偏僻的地方，用这么巧妙的方式收取赎金，绝不可能被人看见。谁知，却刚巧被这个隐藏在汽车修配厂后门口的监控探头拍到她的身影。"

黄金强连连点头，说："对，肯定就是这么回事。真是万万没有想到，绑架我儿子的竟然是这个臭女人。要是被我抓到，老子非剥她的皮、抽她的……”

宋铎皱皱眉头打断他的话问：“这个郭芙蓉住在什么地方？”

黄金强说：“她一直租住在光新路新华公寓，据我所知，一直没有搬家。不过，现在她有没有搬家就很难说了。”

宋铎把苏晚晚和曹亮从汽车修配厂叫出来，一行人回到河西公园，驱车赶往光新路。黄金强则开着自己的宝马跟在后面。

到了光新路新华公寓，黄金强说：“这个婊子住在404房间。”他冲在最前面上了楼。来到四楼，找到404房间，房子的防盗门和木门都是关着的，侧耳倾听，屋里隐约传来播放电视机的声音。

黄金强知道屋里有人，立即“砰砰砰”地把房门踢得山响。屋里的电视机很快没了声音，宋铎看见木门猫眼里的光线忽然暗了一下，很显然屋里的人正在向外窥视。但是并没有人打开房门，屋里也没有再传出半点声响。

黄金强又改用拳头砸门，嘴里还不干不净地骂着，屋里仍然没有一点反应。他回头对宋铎说：“警察同志，那个臭婆娘肯定在里面，咱们砸门进去吧。”

宋铎问：“她会不会从阳台或窗户逃走？”

黄金强摇头说：“不会，阳台和窗户都有防盗网，她钻不出去。”

宋铎仔细看看防盗门上的锁，那是一种安全级别比较高的防盗锁，估计不容易被砸开，就对曹亮说：“马上打电话叫开锁师傅过来。”

曹亮点点头，走到一边打了个电话，不一会儿，一个在公安局备过案的开锁匠就赶了过来。他从背包里掏出两根锯齿状的铁丝，伸进锁孔鼓捣了几下，防盗门“咔嚓”一声打开了，里面的木门如法炮制，门锁也应声而开。

黄金强一脚踹开大门就要往屋里冲，宋铎怕屋里的人负隅顽抗暴起伤人，急忙拦住他，自己带着苏晚晚和曹亮率先冲了进去。

这是一个两室一厅的套间，各个房间的门都打开着，屋内情形一目了然，根本不见有人。

宋铎正要去查看阳台，苏晚晚忽然抽抽鼻子，说：“怎么有一股煳味？”

曹亮转身一瞧，看见厨房后面角落里洗手间的门关着，知道必有蹊跷，朝宋铎和苏晚晚使了个眼色，三人暗中戒备着，一齐朝洗手间走去。走到门口时，宋铎朝曹亮点一下头，曹亮会意，猛地一脚踹开洗手间的门，同时大喝一声：“警察，不许动！”

喝声甫毕，三个警察都愣住了，洗手间里蹲着一个女人，正拿着打火机焚烧百元大钞，地上已经有小半堆灰烬。

黄金强蓦然明白过来，上前一脚将那女人踹倒在地上，嘴里骂道：“郭芙蓉你这个臭婊子，你以为把老子的钱烧光就没有罪证了吗？”

宋铎见那女人并未反抗，就将黄金强拉开了。苏晚晚和曹亮将那女人按在地上，很快给她上了铐子，然后将她从地上拖起。

女人吓得双腿发抖，已经无法站立。苏晚晚只好架住她，问：“你叫什么名字？”

女人看着黄金强，眼中露出惧怕的表情，颤声说：“我、我叫郭芙蓉。”

黄金强怒声问：“臭婊子，快说，把我儿子关在什么地方了？”

“我、我不知道，我没有绑架你儿子。”

“你还狡辩？”黄金强指着洗手间地板上的一堆钞票说，“这些钱都是老子的，捆钞纸上还盖着老子公司的印章，你他妈的还不承认？”

他上前抓住郭芙蓉的衣襟，额头上青筋暴现：“你要是不说，信不信老子整死你？”

宋铎拦住黄金强说：“你别冲动，她现在是警方的嫌犯，得由我们警方来处理。”

“那你们打算怎么处置她？”黄金强瞪着眼问。

“我们得先把她带回去审讯。”宋铎把黄金强扯到一边，又回头对曹亮说：“小亮你留在这里，马上通知技术科的人过来搜查屋子，一定不要放过任何线索。”

曹亮点头说：“明白。”然后立即掏出手机打电话。

宋铎则跟苏晚晚一起，押着郭芙蓉下了楼。正准备上车时，黄金强凑上来问：“那我怎么办？”

宋铎皱眉说：“你先回家，有什么消息我们第一时间通知你。”

黄金强急了，说：“现在绑匪主犯已经抓到，我儿子怎么办？”

宋铎说：“现在郭芙蓉已经被抓，你儿子很可能还在那两个从犯手里。你刚才也看到了，郭芙蓉不愿意在现场交代人质的下落，我们得赶紧将她押回去审讯，争取从她嘴里找到你儿子被关押的地方。”

“可是……”

宋铎瞪他一眼，怒道：“你再在这里啰唆只会耽误时间，让那两个从犯有所警觉。如果他们立即转移你儿子，那咱们就算抓到郭芙蓉也没有用，所以你现在要做的，就是赶紧闪一边去，别妨碍警方办案！”

黄金强见宋铎发火了，不敢再纠缠，只得闪到一边，让他开车将郭芙蓉带走。

第七章　浑水摸鱼

宋铎将郭芙蓉带回刑警大队，立即对她展开审讯。直到被苏晚晚塞进冰冷的审讯椅中，郭芙蓉似乎才缓过神来，她一边把手铐扯得“哗哗”直响，一边大叫冤枉。

宋铎瞪着她说：“我们哪里冤枉你了？在你家里发现了黄金强支付给绑匪的两百万元赎金，捆钞纸上还盖着他们公司的印章。你自己说你不是绑匪谁是绑匪？赶快交代，你的同伙把黄金强的儿子黄麒麟藏在什么地方了？”

“他儿子在什么地方我怎么知道？”郭芙蓉脸上的表情又变得恍惚起来，说，“我根本没有见过他儿子，谁知道他儿子在什么地方。”

宋铎一拍桌子，站起身冷声道：“现在你只是涉嫌绑架勒索，假如黄麒麟有个三长两短，那罪名可就完全不同了。你最好考虑清楚，如果你老实交代，一般判个三五年就能放出来，如果因为你的原因导致人质死亡，那可就是死罪。”

“那些钱确实是我勒索黄金强的，可是他儿子在哪里，我真的不知道。我没有绑架他，我没有……”

郭芙蓉说到这里，忽然脸色苍白，牙齿打战，浑身哆嗦，眼泪鼻涕一齐流了出来。

“这是怎么了？”苏晚晚有点慌张，跑出门要去叫医生。宋铎叫住她说：“别急，她这是毒瘾犯了。”苏晚晚这才明白过来，折回身问：“要不要等她毒瘾过了再审？”

宋铎说：“来不及了，如果她被捕的事被那两个同伙知道，只会有两个结果：第一，杀人灭口逃之夭夭；第二，立即将黄麒麟转移到别处。无论哪个结果，都对我们十分不利。所以无论如何，咱们都要赶在她的同伙收到消息前，从她嘴里掏出点有用的信息来。”

苏晚晚望了郭芙蓉一眼，面露难色，说：“可是她都这个样子了，还怎么审？”

“非常时刻，审不了也得审。”宋铎走出门，提进来两桶冷水，朝郭芙蓉身上兜头浇下。

郭芙蓉连打两个冷战，似乎清醒了些，瞪着他问：“干吗用水浇我？”

苏晚晚感觉宋队这招有效，就吓唬她说：“你要是拒不交代，我们不但要用水浇你，还要把你扔进大水缸里，让你从毒瘾中清醒清醒。”

郭芙蓉吓得直摇头，哆嗦着说：“不要不要，我才不要被扔进大水缸里，那样会被淹死的。”

宋铎说：“那你就赶紧交代。”

郭芙蓉喘口气说：“我说我说，那些钱确实是我向黄金强勒索的，整整两百万元。可是他儿子被人绑架的事，真的跟我没有半点关系。”

据郭芙蓉交代，她被黄金强玩儿腻抛弃后不久，因为情绪消沉，染上了毒瘾。黄金强给她的二十万元分手费，很快就买毒品花光了。正在她痛苦万分、不知道到哪里去找毒资时，忽然接到黄金强家用人张婶的电话——郭芙蓉在成为黄金强的情人之后，曾幻想有朝一日鸠占鹊巢挤走他老婆，然后跟他结婚，所以用钱买通张婶，叮嘱她如果黄金强家里有什么风吹草动就立即向她报告——就在昨天凌晨，张婶打电话给她，说前一天晚上，黄金强的儿子黄麒麟学校班主任老师到家里来告诉黄金强，说黄麒麟被两个墨镜男给绑架了。黄金强并不相信，还把老师骂走了，而黄麒麟的手机一直打不通，并且一个晚上都没有回家，这可是从未有过的事，很可能这孩子真的被人绑架了。

郭芙蓉听到这个情况，心中一动，一个浑水摸鱼借机给自己筹措毒资的计划，在她脑海里渐渐形成，虽然这个计划有点冒险，但为了能搞到钱买毒品，她还是决定去试一试。

首先，她到以前光顾过的一家路边店，高价买了一张不需要用自己的身份证登记的手机卡，然后通过变声软件，把自己的声音变成一个男人的腔调，然后给黄金强打电话，冒充绑匪说他儿子黄麒麟在自己手里，向他勒索两百万元。而她发给黄金强的那张他儿子被捆绑殴打出血的照片，其实是她从黄金强微信朋友圈里下载后用电脑 PS 出来的。

出乎她意料的是，黄金强很容易就上钩了。于是郭芙蓉又立即跑到没有安装监控摄像头的河西公园，在柳林河边一棵柳树下的草丛里放下一个黑色皮袋，皮袋下面系着一根长绳。她以前经常到这个公园里玩，知道公园里有一个老清洁工经常撑船到河里打捞垃圾，工作完后会把小船停在河岸边一个很隐蔽的地方。趁老头儿没有上班，她找到这条船，拿着绳子另一端把船撑到对岸，然后把绳子系在柳林河东岸一棵橘子树上，绳子的中间部分则完全沉入水中，很难被人看到。

她设好这个局后，又给黄金强打电话，叫他到这里交赎金。黄金强救子心切，不知是计，果然依约前来。

郭芙蓉一直躲在柳林河东岸，一面拿着望远镜观察着黄金强的一举一动，一面用手机指挥他把钱放进黑色皮袋。等他离开之后，她就扯动绳子，从水底将装着钱的袋子扯到东岸，然后用携带的折叠式手拖车把装满钞票的黑色皮袋从果园里拖出来。就这样，这两百万元巨款神不知鬼不觉地落入她手中。

她回想自己的发财计划，觉得天衣无缝，就算黄金强要查，也只会往那两个绑架黄麒麟的墨镜男身上查，绝不会查到自己身上。这样想着，她就完全放松了警惕，拿到钱后只顾着去买毒品，也没有想过搬家逃走。

谁知还没高兴多久，今天下午就有人砸她的门。她从猫眼里看到是黄金强找上门来，知道大事不妙，不敢开门，情急中想到只要烧掉那些钱，黄金强就没有指证她的证据，于是就发生了警方破门而入时，她躲在洗手间拿着打火机烧钱的那一幕……

郭芙蓉像是浑身爬满蚂蚁一样，坐在审讯椅上不住扭动着身体，带着哭腔说："警察同志，我、我说的全都是真话……我确实拿了黄金强的钱。可是他儿子被绑架的事，真的跟我无关，我没有绑架，最多只是诈骗而已……我、我好难受，求求你们，求求你们给我一点粉吧……"

宋铎又问了她几个问题，她双眼迷离，已经有些神志不清，完全回答不上来了。

宋铎只好挥挥手，叫来站在门口的两个刑警说："先把她关起来，等她清醒后你们再接着审讯，看能不能从她嘴里把那条毒品线索挖出来。"

郭芙蓉被拖走后，苏晚晚问："宋队，你觉得她说的是真话吗？"

宋铎说："她说的是真是假，咱们只要去调查一下就知道了。"

苏晚晚问："怎么调查？"

宋铎说："先去问问黄金强家那个叫张婶的用人吧。"

两人驱车来到黄金强家时，已经是傍晚时分。找到张婶稍加讯问，张婶就说了实话。郭芙蓉确实用金钱将她买通，叫她在黄金强家为她做卧底。昨天凌晨5点多，她起床看见少爷彻夜未归，想起昨天袁老师说过的话，觉得黄麒麟可能真的出事了，所以第一时间打电话告诉了郭芙蓉。郭芙蓉还交代她说要注意观察黄家的动向，如果有绑匪打电话到黄家，一定要告诉她。

黄金强这才知道事情的来龙去脉，他做梦也没有想到，家里的用人竟然会出卖自己。他二话不说冲上前，对着张婶脸上就是一拳。幸亏被苏晚晚伸手挡开了，要不然张婶只怕真要被他打得倒地不起。

宋铎把黄金强拉到一边，说："现在不是发火打人的时候，我同事已经搜查过郭芙蓉家里，并没有发现她跟绑架案有关的蛛丝马迹，加上张婶的证明，基本可以确定郭芙蓉的口供属实。现在咱们虽然抓到郭芙蓉，追回了大部分的赎金，但实际上对破获你儿子的绑架案，并没有多大帮助。现在看来，咱们对这起绑架案其实并没有掌握任何有用的线索。”

“那怎么办？我儿子会不会已经……”黄金强急切地望着他，不敢继续往下说。

“我们警方掌握的线索，跟你知道的情况是一样多的，所以现在我们也无法准确判断你儿子的具体处境。不过，只要有一丝希望，我们就绝不能放弃。”宋铎语气坚定地说，“咱们被郭芙蓉引入歧途，耽误了一些时间，现在咱们得回过头重新调查这个案子。”

苏晚晚问黄金强：“从你儿子失踪到现在，除了郭芙蓉冒充绑匪给你打过电话，你还接到过其他可疑电话吗？”

黄金强摇头说：“没有。”

苏晚晚脸上现出诧异之色，看着队长说：“这倒是怪事，一般来说，绑架人质多为求财，但是现在过去两三天了，真正的绑匪居然没有联系人质的家人，这到底演的是哪一出？”

宋铎说：“有两种可能：第一，绑匪并不是求财，很可能是怀有其他目的，比如说复仇；第二，就是绑错人了，绑匪绑架的是黄麒麟，却把电话打到别人家里去了。”

黄金强问：“那你觉得麒麟是属于哪一种？”

宋铎看了他一眼，反问：“你说呢？”

黄金强倒是挺有自知之明的，他垂下头说：“估计是前一种了。我平时在生意场上比较霸道，得罪过不少人，结下了许多仇家，人家明里暗里想害我，但阿超一直充当着我私人保镖的角色，别人在我身上无从下手，只好拿我儿子出气。”

宋铎点点头，说：“我看这样吧，你拿一张纸，把你觉得跟你结怨比较深，有可能绑架你儿子找你报仇的人都写下来，我再派人逐一调查。”

黄金强说：“行。”拿来纸笔，他一边想，一边写，一口气列出了十多个名字，后来咬着笔头想了一下，又画掉几个，最后在纸上留下了八个人的名字，还附上了他们的住址。

宋铎看了纸条后说：“那行，咱们就先从这八个人查起。”离开时他又交代黄金强，“假如绑匪打电话过来，无论对方说什么，第一，顺从对方，不要激怒他；第二，把通话内容录下来；第三，也是最重要的，即刻报告警方。”

黄金强赶紧点头，说：“明白，如果绑匪打电话过来，我一定会第一时间通知警方，绝不会再擅自行动。”

警方拿着黄金强提供的仇家名单，整整调查了两天，并没有发现什么可疑线索。随着时间的推移，这个案子也变得越来越诡异：第一，绑匪并没有打电话找黄金强索取赎金；第二，找不到绑匪留下的任何蛛丝马迹；第三，全市范围内没有发现来源不明的尸体。

在召开案情分析会的时候，曹亮对警方目前采取的调查方案提出了异议。

他说："从现在的情况来看，很可能咱们从一开始就搞错了调查方向。只要黄麒麟被绑架，一般人都会想到是黄金强在生意上得罪了什么人，遭到了仇家的报复。但是经过我们这几天的调查，发现这种可能性很小。其实，我倒是觉得有一个人很可疑。"

宋铎问："谁？"

曹亮大声说："就是黄金强的老婆徐佳佳啊。我已经调查过，徐佳佳今年28岁，五年前在黄金强公司当文员的她用了一些手段，将黄金强的原配妻子赶走，成为黄金强第二任老婆。但是因为黄金强身体的原因，一直没有办法跟她再生一个属于自己的孩子，所以等黄金强老了之后，他的公司只能留给前妻的孩子黄麒麟。"

苏晚晚说："我明白你的意思了，你是说案情跟那些狗血的电视剧一样，徐佳佳这个后妈为了争夺家产，将丈夫前妻生的孩子给绑架了？"

"对，"曹亮好像终于找到知音一样，把头偏向她这边，接着滔滔不绝地说，"而且我觉得这已经不光是绑架这么简单，很可能黄麒麟已经遇害。因为只有让黄麒麟从世界上消失，她作为黄金强的老婆才能独得丈夫的所有财产。”

宋铎站起身一边踱步，一边思索着说：“你这个设想，我考虑过，但基本不可能成立。黄金强现在才四十岁出头，正值壮年，徐佳佳想争夺财产，光杀死黄麒麟还不行，还必须得连丈夫也一块儿除掉，才能实现自己的目的。也就是说她必须连杀两个人，才能把家产弄到手，这个肯定不现实。如果她不杀死丈夫，只是杀掉能跟她争家产的黄麒麟，那么她必须得等黄金强老了之后才能当家做主，那估计还得等二十年以上吧。为了二十年以后的事情，现在就开始谋划杀人，这也说不过去。”

苏晚晚说：“还有，徐佳佳是黄金强的合法妻子，她想要钱，只要跟黄金强离婚，就差不多可以分一半的家产，虽然不是黄家全部的财产，但也够她花几辈子了。她完全没有必要为了钱去杀人，而且还是对自己的儿子下毒手，尽管不是亲生的。”

“听你们这么一说，好像也有些道理。”曹亮脸色微红，搔搔后脑勺说，“那好吧，就当我没说。”

苏晚晚说：“经小亮这么一提醒，我倒有一个想法。如果黄麒麟遭遇绑架不是因为他爸的原因，那祸根很可能是出在他自己身上。”

宋铎抬头说：“你的意思是说，黄麒麟在学校号称‘黄天霸’，平时没少欺压同学，肯定有不少学生对他怀恨在心，所以不排除有某位学生或者学生家长，出钱雇人绑架黄麒麟，为的就是给自己或自己的孩子出一口恶气，对吧?”

苏晚晚说：“是的，如果排除了是因黄金强恶劣的人际关系而引发这起绑架案的可能，那么极有可能就是这个原因了。”

宋铎默默地想了一下，然后点头说：“行，那咱们就再去实验中学走一趟，重点调查黄麒麟是否与什么同学结下了致命深仇。”

第八章　死亡照片

三人驱车前往实验中学，警车刚开进校门，就看见黄麒麟的班主任袁玥老师从教学楼上跑下来，气喘吁吁地说："警察同志，你们来得正好，我有事情要向你们报告呢。"

宋铎见她表情凝重，就问："是跟黄麒麟的案子有关吗?"

袁老师点头说："是的。"她拿出自己的手机，点开几张照片给他们看。

宋铎凑近一看，不由得大吃一惊，照片上是一具男性裸尸，身上布满刀伤，鲜血淋漓，一看就知道是被乱刀砍死的。共有三张照片，拍摄的是同一个场景，但因为尸体的头偏向一边，从照片上只能看见一个侧脸。宋铎见过黄麒麟的照片，感觉照片上这个人长得跟黄麒麟有点像，他心里一沉，问袁老师："这是怎么回事？这照片是从哪里来的？”

袁老师说：“这是我从一些学生的微信朋友圈里转来的。这几张照片今天一早就在我们学校学生的手机里传开了，照片具体来源不明。我看着感觉有点像黄麒麟，所以想赶紧找你们，不想你们正好过来了。”

苏晚晚看过照片后说：“宋队，这只是一个侧脸，咱们也无法确认到底是不是黄麒麟。要不要叫黄金强过来辨认一下？”

宋铎又仔细看了看那几张照片，摇头说：“暂时不要通知黄金强。先将照片下载一下，交给技术科的人检查一下，看是不是又是人为 PS 的照片。还有，一定要追查到照片来源。”

苏晚晚立即将三张照片下载下来传给技术科，同时打电话到技术科，叫了几个精通网络技术的同事，过来协助调查照片发布的源头。

经过对学校里微信转载了这三张照片的一百多位同学的手机进行检查，最终确认，最早发布这三张照片的是一个叫王多多的男生。王多多是高二（1）班的学生，宋铎见到他时很是吃惊，这位王多多同学浑身是肉，体重估计超过两百斤，是一个不折不扣的大胖子。

宋铎把王多多叫到外面走廊，王多多从教室出来虽然才走了几步路，却已经大喘粗气。先前已经有警察来检查过他的手机，他大概已经知道宋铎找他是怎么回事，摇头摆手说："警察叔叔，你们误会了，那些照片不是我发布的，我也是从别人的微信朋友圈里下载后转发的。"

王多多告诉警方说，因为自己长得胖，胃口大，食堂饭菜吃不饱，所以经常到学校门口的小店买零食充饥。有一回他去小店买薯片，刚巧碰到黄麒麟也来买同一种口味的薯片，而小店只剩下最后一包这样的薯片。因为王多多先到，店主就把薯片卖给了他。黄麒麟跟着王多多走出小店，叫他把薯片让给自己，王多多自然不肯。

黄麒麟很不高兴，一通电话叫来四五个"麒麟帮"的成员，把王多多拖到学校围墙下，对着他就是一顿拳打脚踢。王多多挨不过，只得将薯片拱手送给黄麒麟。谁知黄麒麟并不领情，挥手将一袋薯片打翻在单杠下的沙地上，然后踏上一脚，将一堆薯片踩成碎末儿。黄麒麟瞪着他说："死胖子，你不是贪吃吗？本少爷今天让你吃个够！"他将踩碎的薯片连同沙子一块儿抓起，送到王多多面前。

王多多闭上嘴巴不敢吃。黄麒麟骂了一句脏话，在他肚子上狠狠打一拳，王多多痛得"啊"地一声张嘴叫唤，黄麒麟趁机把沙子和碎薯片塞进他嘴里，并且命令他吃下去，如果敢吐出一粒沙子，就再叫他吃一把沙子。迫于黄麒麟的威胁，王多多只得含泪连沙子带薯片一起干咽下去。黄麒麟拍拍他的脸，哈哈大笑而去。

王多多回到宿舍后，趴在地上干呕了半个多小时。他在心里暗暗发誓，一定要找这个黄天霸报仇雪恨。

王多多有个表哥，高中辍学后一直在社会上晃荡，他请表哥给他想办法。于是表哥就带他去见了一个叫马克的人。这个马克是学校附近小有名气的混混儿，手底下有不少兄弟。马克很讲义气，答应看在表哥的面子上为他报仇。

于是像香港黑帮电影里演的一样，王多多约了黄麒麟出来“讲数”，以为有马克带着十多个兄弟为自己撑腰，一定能找黄麒麟报仇。谁知那天黄麒麟竟然一口气带了三十多个“麒麟帮”成员赴约，立马就把马克的气焰给压了下去。这次“讲数”的结果是，不但王多多再次被揍得鼻青脸肿，连马克也被“麒麟帮”的人手持木棍打得跪地求饶。马克还被逼发下毒誓，说以后见到黄麒麟，一定恭恭敬敬地尊称他一声“大哥”，并且将自己的地盘也拱手交给黄麒麟。

经过这件事，王多多才算真正见识到黄麒麟的手段，再也不敢妄想报仇的事。

这段时间，一连好几天没有看见黄麒麟到学校上课，隐约听说这个“黄天霸”是被人绑架了。王多多心里暗自高兴，巴不得这个“黄天霸”被人撕票，永远不要回来。

这天早上，王多多在家刚起床，拿起手机看微信，发现马克在微信朋友圈里发了三张血淋淋的照片，还在前面写了一句话：这就是跟我小马哥作对的下场！

他看着那三张照片，感觉那个被乱刀砍死的人有点眼熟，再仔细一瞧，咦，怎么这么像黄麒麟呢，难道他……

王多多心里一阵痛快，赶紧把这三张照片转发到自己的微信朋友圈里，但马克写在上面的那句话他可没敢转。后来有其他同学在他微信朋友圈里看到那三张照片，虽然没有附加一个文字，但大家都认出了照片里的人，于是怀着感谢苍天的心情默默转发了。不到半天时间，这三张血淋淋的照片就已经在全校学生中刷屏了。

王多多一脸蒙地说：“估计这几张照片最后被学校老师看见了，这才报警把你们找过来的吧。不过这些照片真的不是我原创的，更不是我最先发布的，不信你们可以去找马克调查。”

“可是我们用你的手机查找过马克的微信朋友圈，里面并没有这些照片。”

“肯定是他已经删除了。”

宋铎一直盯着他的脸，从他的表情来看，不像是在说假话。“那好吧，我暂时相信你。”宋铎说，“那请你告诉我，这个马克住在什么地方？”

王多多摇头说：“他家住哪儿，我可不知道。不过，他有个堂姐在距离我们学校不远的学业路开了一家网吧，名叫鑫源网吧，马克没事的时候就泡在网吧里玩游戏，你们去那里准能找到他。”

宋铎拍拍他的肩膀说：“行，我们去找他调查一下。你没事别离开学校，说不定我们还会回来找你。”

王多多点头“嗯”了一声，又冲着宋铎下楼的背影喊：“你们可千万别说是我叫你们去找马克的，要不然我就惨了。”

宋铎头也不回地说：“行，我们会替你保密的。”他快步下楼，跳上警车，带着苏晚晚和曹亮往学业路赶去。

学业路距离实验中学不太远，估计也就十多分钟车程。在路上，苏晚晚问：“宋队，你觉得照片上那具尸体，真的是黄麒麟吗？”

宋铎说：“如果这三张照片没有被 PS 过的话，从侧脸看，确实有几分像。”

曹亮边开车，边说：“如果真的是黄麒麟，那么杀死他的凶手极有可能就是这个马克。上次黄麒麟带领‘麒麟帮’的人将马克打得跪地求饶，让他在那帮小弟面前颜面尽失，他肯定怀恨在心，一定会想办法把面子找回来，所以就逮个机会把黄麒麟给绑架了。估计是黄麒麟嘴硬不肯向他低头认错，马克这小子一恼火，做事就不计后果，拿刀对着人质一顿乱砍，结果把黄麒麟给砍死了。”

苏晚晚说：“如果他真的杀了人，干吗要把尸体照片公布出来？好像生怕别人不知道他是杀人凶手一样。”

“也许马克要的正是这种效果，他就是要靠这个在圈子里扬名立威。”曹亮说，“而且微信朋友圈相对较为隐秘，可能他没有想到会这么快让警察知道。你看他不是很快就把照片删除了吗？”

宋铎说：“不管怎么样，先找到这个马克再说。”

曹亮点点头，闭上嘴巴不再说话。警车很快就拐进学业路，宋铎睁大眼睛在街道两边搜索，不多时就看到了鑫源网吧的招牌，他用手指了一下，曹亮一打方向盘，就把警车停在了网吧门口。

三人跳下车，走上台阶，正要进入网吧，忽然从里面跑出一个长头发的年轻人，差点儿撞到宋铎。宋铎侧身让过，那人头也不回地冲出了网吧。这时网吧里有一个声音不满地嚷道：“我靠，马克，你跑什么啊，咱们这一局游戏还没有玩完呢。”

宋铎猛然醒悟过来，回头看时，那个长发小子已经跑出好远。他一眼瞥见旁边有一根数米长晒衣服用的竹竿，伸手抄起，追上几步之后，猛地将竹竿插进那狂奔的长发小子两腿中间。长发小子被竹竿绊到，脚下一个踉跄扑倒在街边。苏晚晚和曹亮飞身赶上，将他死死摁住了。

宋铎喘着气赶上来，问：“你就是马克，对吧？”

长发小子被两个警察死死摁在地上动弹不得，半张着嘴一边吐着嘴里的血水，一边说：“是、是，我就是马克。”

宋铎用手里的竹竿在他头上敲了一下，喝道：“说，为什么看见警察就跑?”

马克在地上挣扎着说：“误会误会，我是赶着去上厕所，所以才跑得这么急。再说你们刚到门口，我又不是千里眼，怎么看得见你们?”

宋铎说：“少废话，别以为我不知道里面有监控。”

苏晚晚和曹亮将马克从地上拉起来，喝令他高举双手靠墙趴好。曹亮上前对他进行搜身，从他腰间和小腿裤管处各搜出了一把匕首。

曹亮拍着他的脸问：“这是什么?”

马克讪笑道：“最近这一带治安不太好，这是我带着防身用的。”

宋铎走到墙边瞪着他问：“知道我们为什么找你吗?”

马克露出一脸无辜的表情，摇头说：“不知道，我可是个安分守己的好青年。”

“你伙同他人打架斗殴小偷小摸的事，我暂时就不追究了，”宋铎掏出手机打开那三张照片给他看，“我问你，认识这三张照片不?”

马克看了一眼，说："认识，这几张照片今天早上我还在微信朋友圈里发过呢，不过后来删了。"

曹亮忍不住喝道："快说，照片里的人是谁？"

马克说："我也不知道是谁。"

曹亮火了，又扯住他的头发把他的头按在墙上，说："废话，你发的照片，怎么不知道照片里是谁？快说，是不是黄麒麟？是不是你绑架他，又将他乱刀砍死了？"

马克哭丧着脸说："警官你千万别冲动，我真的不知道照片上的人是谁。而且这些照片不是我拍摄的，我也只是转发而已。"

"转发？你从哪里转来的？"

马克忽然龇牙咧嘴大叫道："哎哟，痛痛痛，你把我的头发扯痛了！"

曹亮只得放开手，马克嘴里发出夸张的"咝咝"声，白了他一眼，一边摸着头，一边说："前段时间，小马哥我不是栽在黄麒麟手里了吗？正想着怎么出这口恶气，怎么向'麒麟帮'找回面子，忽然听说这个'黄天霸'被人给绑架了，我自然是一阵高兴。可是后来一想，黄麒麟他爸那么有钱，无论绑匪要多少赎金，估计他爸都会给，也就是说他小子很快又可以回来称王称霸。这样一想，我心里又有点不平衡了。今天早上，我上网时无意中看到几张有人被乱刀砍死在街头的照片，看那具尸体的侧脸，倒是有几分像黄麒麟。于是我心里一动，就将那三张照片转发到了我的微信朋友圈里，并附加上了一句话，‘这就是跟我小马哥作对的下场!’我虽然读书时语文成绩不好，但觉得这句话说得很巧妙：第一，我没说照片上的人是谁，但明眼人一眼就能看出这是谁；第二，我没说这事是我干的，但大家都可以想到这事是谁干的。其实我就是想借这三张照片扬个名，立个威，让大家都知道我小马哥的厉害，顺便把以前在黄麒麟身上丢的面子给找回来。我微信朋友圈里大多都是我的兄弟，我觉得这样真真假假发几张照片也无所谓。谁知后来这些血腥照片被人下载后大量转发，完全脱离了我的掌控。我这才有点害怕，于是赶紧把微信朋友圈里的照片给删除掉。今天在我堂姐网吧里玩游戏时，我的眼皮一直在跳，知道要出事。刚才我堂姐出门有事，叫我坐在柜台里帮她收钱，我就一边帮我姐看店，一边玩游戏。忽然从监控视频里看到有一辆警车停在门口，我知道大事不妙，所以撒腿就往外跑……”

“臭小子，”曹亮瞪着他恼火地道，“说了半天，还是没说明白这照片上的人到底是不是黄麒麟。”

马克赶紧双手抱头，装出一副可怜兮兮的样子，说：“警官，我都已经说了，那些照片都是我从网上下载的，我也不知道上面的人到底是谁。”

“不知道是谁你干吗转他的照片?”

“我转他的照片，并不一定要知道他是谁啊。”

宋铎皱皱眉头，知道照曹亮这样问下去，问到明天也不会有结果。他挥挥手，让曹亮退到一边，在马克面前踱了两步后问他：“这三张照片，真的是你在别的网站找到的？”

“是的，真的是我从别的地方下载后转发的。”马克指天赌咒说，“我也就是带着几个小弟收收街边几家小店的保护费而已，真叫我拿刀把人砍成那样，我可不敢。杀人可是死罪！”

宋铎问：“你还记得是在哪家网站看到的那些照片吗？”

马克摇头说：“这我可不记得了。”

宋铎还想问他几句，忽然口袋里的手机响了。他掏出手机看了一眼来电显示，对苏晚晚和曹亮挥挥手说：“先把这小子带回去，就算黄麒麟的案子跟他无关，他搞黑社会性质团伙，打架斗殴，收取保护费，光这几条就够他在牢里坐上好几年了。”

看到苏晚晚和曹亮给马克上了铐子，宋铎才走到一边接听电话。

电话是技术科的技侦员小颜打来的。小颜在电话里向他报告说：“宋队，传回来的那三张照片我们仔细检查过，没有经过 PS 等技术处理，但是据我们上网搜索，这三张照片其实是外省市一桩凶杀案的现场图片，跟咱们平京市并无关联。”

宋铎问：“能查到是什么时候拍摄的吗？”

小颜说："具体拍摄时间不明。但这几张照片在网上流传甚广，就咱们目前调查的结果来看，这些照片最早在网上发布的时间，至少在一年以前。"

宋铎这才松了一口气，外省市的案件，照片至少在一年前就已经有了，那就无论如何也跟黄麒麟的案子扯不上关系了。

第九章　山林石屋

“丁零零，丁零零……”一阵刺耳的闹铃声，将狄小飞从睡梦中惊醒。他在床上翻了一下身，从被子里伸手将闹钟摁掉，睁开惺忪的睡眼看了一下时间，是早上 7 点。今天是星期日，不用上学，他用被子蒙着头挡住外面的光亮，想再多睡一会儿。忽然想起妈妈昨天晚上交代的话，只得伸了个大大的懒腰，翻身从床上坐起。

狄小飞的父母都在市科技局上班，今天省科协的领导下来检查工作，他爸爸妈妈要回单位加班。妈妈昨晚就跟他说了，叫他今天去帮她买菜，还特意叮嘱他要早点去菜市场，去迟了买的菜都是别人挑剩下的，不新鲜了。

狄小飞一面穿衣下床，一面不高兴地嘀咕道：“星期天也不让人睡个好觉，居然叫我去买菜，真是服了你们!”

狄小飞刷牙洗脸，然后推着自行车出门。清晨的阳光晃得他有点眼花，用手遮挡了好一阵子，才渐渐适应过来。他飞身跨上自行车，出了小区，往菜市场骑去。

距离他们家不远，有一个金湾菜市场，卖的大多是附近菜农的“直供菜”，价格相对比较便宜，这几条街上的住户都喜欢去那儿买菜。

迎着旭日阳光，狄小飞把自行车蹬得飞快。十多分钟后，当他路过菜市场门口那家早餐店时，闻到从店里飘出来的香味，才想起自己还没有吃早餐呢。

他决定先吃完早餐再去买菜，于是一抬腿从自行车上跳了下来。狄小飞刚把车子在路边支好，就看见一个长得矮墩墩的汉子提着一塑料袋包子，从早餐店大摇大摆地走出来。

狄小飞看着这人的身影，总觉得有点眼熟，好像在哪儿见过，却又一时想不起来了。跟着他走了两步，认真瞧了瞧，忽然看见他左边脖子上赫然露出五道被手指抓过的血痕。

狄小飞心里猛然一跳：“我靠，这不是绑架黄麒麟的那个矮个子墨镜男吗?”虽然他现在没有戴棒球帽和大墨镜，但他脖子上被黄麒麟抓出的五道血印，狄小飞却不会认错。

可是这个绑匪怎么会在这里出现呢？他的那个高个子同伙在

吗？是不是黄麒麟也被他们绑架到这附近来了？就在这一瞬间，无数疑问涌上心头，可是还没等狄小飞找到答案，矮个子绑匪就已经穿过街道，走向了停在菜市场门口的一辆白色面包车。狄小飞一看车牌号，我去，正是他们那天掳走黄麒麟的那辆车！

于是他随手捡起一张旧报纸，一边假装低头看报，一边悄悄跟了过去。先是溜到面包车车尾，透过车窗玻璃朝里望了一眼，车里并没有人，既不见高个子绑匪，也不见黄麒麟。

狄小飞还想多侦察一下，矮个子绑匪却已经打开驾驶室的门坐进车里，开始发动面包车。

狄小飞心里忽然闪过一个念头：跟着他，肯定能找到黄麒麟！他来不及细想，立即奔回早餐店门口，跨上自行车，等那面包车启动之后，快速地跟了上去。

矮个子绑匪完全没有留意到后面还跟着一条尾巴，面包车拐上菜市场旁边的健康路后，一直往南行驶。健康路仅有两车道，路窄车多，行车速度并不快，所以狄小飞骑着自行车跟踪一辆面包车，并不觉得吃力。

矮个子绑匪驾着面包车沿着健康路向前行驶了大约二十分钟，拐个弯，再前行不远，就到了城市南郊。面包车沿着一个村庄前面的水泥村道没走多远，忽然一脚刹车停下来，一个正等在路边的男人拉开车门跳上车，面包车继续往前开。

狄小飞看到那大汉高高的背影才反应过来，这家伙不正是绑架黄麒麟的另一名绑匪——高个子墨镜男吗？原来他在这里等着自己的同伙。两个绑匪都在这里，难道黄麒麟也在这附近？

没容狄小飞多想，面包车又向前开动了，拐个大弯后驶上了一条碎石小路。狄小飞抬头看看，不远处出现了一座山峰，他略略辨别了一下方向，就知道自己已经跟着面包车来到了位于城市南郊的笔架山附近。

这里已经是野外，路上没有其他行人和车辆，狄小飞怕被对方发觉，所以不敢跟得太近，只能远远地落在后面。反正是一条直路，也不用怕跟丢。

可是没过多久，狄小飞就发现情况不妙，等他来到笔架山下的清水湖边时，碎石路忽然一分为二，出现了左右两条岔道。前面看不到面包车，路上也找不到车轮印，所以无法准确地判断矮个子绑匪把面包车开上了哪条岔道。

狄小飞正为跟丢了两名绑匪而惋惜，忽然看见旁边小湖边坐着一个戴斗笠的垂钓老头儿。

他上前叫了一声“大爷”，然后问：“刚才您看见有一辆白色面包车从这里经过吗？”见老者点头，又问，“车子朝哪条路上走了？”老头儿正盯着水面的一个浮标不敢说话，只是伸出左手指了一下。狄小飞明白他的意思，立即骑上自行车往左边那条岔道追了上去。

狄小飞把自行车蹬得飞快，直到十多分钟后，看见了正在前面坑洼不平的路面上颠簸行驶的白色面包车，他才抹抹额头上的汗珠，松了一口气。

白色面包车再前行不远，就开进了笔架山下的一片树林里。树林里并没有路，面包车从杂草丛中碾过，不住地左拐右拐，从树木缝隙中穿行。几分钟后，面包车忽然熄火停下了。后面的狄小飞急忙跳下自行车，一面把自行车平放在草丛中，一面闪身躲避到旁边一棵大树后面。

他侧耳细听，感觉前面并无异样，这才悄悄探出半个头来暗中观察。只见距离面包车停车位置不远的地方，竟然有一个石头垒砌的小屋，石壁上爬满了青藤，估计这房子建在这里已经有些年头。石屋的门却是崭新的，应该才安装不久，门上挂着一把铁锁。

狄小飞知道，很早以前这里曾经有一个采石队，估计这石头房子就是采石队留下的。

面包车停下后，矮个子绑匪从驾驶室跳下来，手里仍然拿着那袋早餐。透过薄薄的塑料袋可以看出，里面装的是刚才他从早餐店买来的包子。狄小飞心想，他们是要在这里吃早餐吗？但他很快就发现自己想错了。

矮个子绑匪拎着早餐问坐在车里没有下来的高个子同伴："大哥你进不进去?"

高个子绑匪有点不耐烦地说："你一个人进去吧，我不去了，一看见那个小王八蛋，我心里就有火。给他买个早餐吧，还不吃，一定要吃金湾菜市场对面那家店的豆沙包，害得老子天天跑大老远的路去给他买早餐。如果不是老板特别交代，老子早就一刀宰了他，哪来那么多废话!"

矮个子绑匪劝说道："大哥你别发火，再忍几天就行了。老板一再交代咱们，不能伤了这小子的性命，也不要亏待他。只要在黑屋里关他几天，咱们的任务就算完成了。时间一到，咱们就拿钱走人。看在钱的分儿上，你就忍忍吧!"

他一边说话，一边提着早餐走向石屋。来到石屋大门前时，他弯下腰在旁边草丛中的一块石头下摸索着。很快他就从石头缝隙里摸出一把钥匙，然后打开铁锁，拎着早餐推门走进石屋。

狄小飞伸长脖子往石屋里瞧，但因为相距太远，角度也不对，所以完全没有办法看到屋里的情形。他想溜到石屋门口去看看，但另一个绑匪还坐在车里，只要他从正面靠近石屋，肯定会被那个高个子绑匪发现。

他心里有些着急，扭头观察了一下，决定绕到石屋后面去看看。他匍匐在草丛里，手脚并用向前爬行十多米，终于远远地绕过面包车，悄然潜伏到石屋后面。石屋后墙上有一个一尺见方的小窗户，里面竖着几根已经生锈的钢筋。他心中暗喜，可真是天助我也！四下里望望，因为有石屋挡着，已经看不见那辆面包车，四周只有树林和杂草，看不到一个人影。

他快步走到窗户下，由于窗户离地甚高，他踮着脚也没办法看到屋内情形，幸好旁边有几块石头，他把石头搬过来叠放在窗户下，踩上去之后，刚好能够到窗户。

他悄悄探出小半个头，睁大眼睛往屋里瞧去。

屋里光线很暗，但大致情形还能够看清楚。正对着大门的屋角摆着一把带靠背的椅子，椅子上坐着一个人，不但双手双脚被捆住，整个人也被一根粗麻绳绑在椅子上无法动弹。而且他的眼睛被一块黑布蒙住了，嘴巴上还贴着胶布。

狄小飞仔细一瞧，这不正是失踪多日的黄麒麟吗？虽然他经常在警匪片里看到这样的恐怖镜头，但在现实生活中，还是头一回看到这样的场景，心里不由得一阵“扑通”乱跳。

矮个子绑匪开门进屋后，先是骂了一句脏话，然后又气呼呼地在黄麒麟的肚子上踹了一脚。黄麒麟痛得脸都扭曲了，但因为被胶布封着嘴巴，只能发出痛苦的“唔唔”声。

狄小飞差点儿乐出声来，心中暗道：“黄天霸啊黄天霸，平时都是你打人，这回总算让你尝到了被人打的滋味。”

矮个子绑匪似乎也窝着一肚子火，直到在黄麒麟身上发泄完，才扯开他嘴巴上的胶布说：“小王八蛋，吃早餐了！”

黄麒麟把头扭到一边，嚷道：“我不吃菜包，我要吃豆沙包。”

矮个子绑匪没好气地说：“别叫了，这就是豆沙包，是老子专门跑到你指定的那家店去买的。去你妈的，老子这绑匪当得真是窝囊，平白无故地给自己绑了一位大少爷回来，吃个早餐还要到指定的早餐店去买。”他拿出一个豆沙包，递到黄麒麟嘴边。

黄麒麟眼睛被黑布蒙住看不见，伸长鼻子闻了闻，好像确认了是自己喜欢吃的那种包子，才张开嘴巴。矮个子绑匪把包子塞进他嘴里。

黄麒麟边吃，边说：“你不想伺候本少爷，那就放了我呗。别人出多少钱给你，我叫我老爸给你双倍的价钱，要不三倍也行。”

矮个子绑匪一听这话，又是心头火起，伸手“啪”地抽了他一个耳光，喝道：“哪来那么多废话？老子虽然是绑匪，但盗亦有道，怎么能为了钱反水？老板交代我们不可伤你的性命，并没有说不能揍你，你小子要是再嘴贱，老子就打得你满地找牙，你信不信？”

黄麒麟是好汉不吃眼前亏，他从对方话语中听出了火药味，再也不敢吭声，只是“吧唧吧唧”地吃着包子。吃完几个包子，又说要喝水。绑匪拿起一瓶矿泉水给他喝，他喝一口又马上喷了出来，说："这是什么水，这么难喝？我要喝我昨天跟你说的那个牌子的水。"

矮个子绑匪嘴都气歪了，说："那个牌子的水要二十元一瓶，老子买不起。就这水，你爱喝不喝。"

黄麒麟赌气说："少爷我就是不喝，渴死算了。要是把本少爷渴死了，看你怎么向你们老板交代。"

矮个子绑匪拿他没有办法，只好又跑出去，从车里拿来一瓶黄麒麟要的那个牌子的水喂给他喝。

黄麒麟喝完水，又叫道："哎哟，不行了，我肚子痛，要上厕所。"

矮个子绑匪立时火冒三丈，怒道："少他妈废话，拉裤裆里就行了，老子才懒得伺候你。"又拿起胶布封住他的嘴，气呼呼地关门而去。

狄小飞想了一下，急忙贴着墙根悄悄地转到石屋前面，果然看见那矮个子绑匪锁门之后，又把钥匙藏在那块隐蔽的石头下，然后才拍拍手，朝自己的面包车走去。

坐在车里的那个高个子绑匪，似乎对他的这个小动作很不屑，探出头来数落他："你说你也是，干吗非得把钥匙放在这里？带在身上不行吗？"

矮个子绑匪憨笑着说："老大你又不是不知道我忘性大，就这么一把钥匙，我怕揣在身上掉了呗。要不我把钥匙拿过来给你揣着?”

老大不耐烦地挥挥手说：“行了行了，咱们赶紧走，我还要去打麻将呢。”

矮个子绑匪跳上车，很快开着面包车走了。

第十章　暗夜杀机

狄小飞从石屋墙根下挪出来，靠在一棵大树后面，直到亲眼看见那辆面包车开出了树林，他才长舒一口气，拍拍身上的草屑，从大树后面走出来，放心大胆地在石屋前走了两圈。

黄麒麟从那天放学后被人绑架，到现在已经失踪了整整一个星期。这一个星期以来，警方到处查找他的下落和绑匪的踪迹，却完全没有线索。想不到，今天却被狄小飞无意中跟踪追查到他被关押的位置。难道这就是传说中的踏破铁鞋无觅处，得来全不费工夫?

他一屁股坐在石屋前的台阶上，掏出手机正准备打 110 报警，刚按下三个数字键，却又停住了。

从刚才两个绑匪的交谈中可以听出，他们其实是受某个幕后老板之命去绑架黄麒麟的，而且那个幕后老板交代过他们不可伤害人质性命，只需要将黄麒麟关押几天达到他们的某种目的之后，就会把人质释放。

也就是说，黄麒麟被关押在这里其实并无性命之忧，还被两个绑匪好吃好喝地供着。虽然绑匪被惹火的时候会让他受点皮肉之苦，但实际上他的处境并没有危险到需要警察刻不容缓地马上相救的地步。既然这样，那还是先不要告诉警察，就让这小子在绑匪手里吃点苦头长点记性。等时间一到，绑匪自然会放人。

这样想着，他又把手机揣进口袋，起身走到草丛里，推起自己的自行车要骑车离去，却又有些犹豫。黄麒麟这小子平时没少欺侮别人，上次为了抢夺我的跑车模型，还把我挟持到厕所里打得我眼角出血。平日里想报仇没有机会，而今天，此时此刻，他被绑匪关在石屋里，手脚被缚，目不能视口不能言，对任何人都毫无反抗之力，岂不正是我狄小飞报仇雪恨的良机？

想到这里，他的心不由得又“扑通扑通”直跳，缩着脖子像做贼一样朝周围看看，四周树林里静悄悄的，除了有几只麻雀飞过，完全看不到其他人影。他放下自行车，攥着拳头朝石屋一步一步走去。

走到石屋前，他手心里已经渗出一把冷汗，眼珠子骨碌碌乱转，一边观察着周围的动静，生怕那两个绑匪去而复返，一边蹲下身把手伸进矮个子绑匪藏钥匙的石头下面，摸了几下，果然摸到了一把钥匙。

他拿着钥匙打开铁锁，把门轻轻推开一条缝，悄悄探头进去瞧了瞧，黄麒麟仍然背对着大门，坐在一个阴暗的角落里。屋子里弥漫着一股臭味，估计他真的憋不住把大小便都解决在裤裆里了。

狄小飞又把门推开一点，踮着脚往屋里走了两步。黄麒麟好像听到了什么动静，立即“唔唔唔”地叫起来。

狄小飞吓了一跳，好像做贼被人发现一样，立即掉头跑出来，躲在门外墙根。

后来他一想，不对啊，绑匪为了不让黄麒麟看见自己的脸以免日后留下麻烦，早已将他的双眼蒙住，现在就算我光明正大地走到他面前，他也看不见啊。再说他现在被捆得结结实实的，早已不是平时那个耀武扬威的黄天霸，我还怕他个鸟啊！

这样想着，狄小飞的胆子就大了起来，他踹开门，大摇大摆地走到黄麒麟面前。黄麒麟感觉有人走近，仰着头发出“唔唔唔”的声音，也不知道他在说什么。

狄小飞弯着腰，屏住呼吸把脸凑到他面前，确认他是真的看不见之后，忽然抬手“啪”地甩了他一记耳光。黄麒麟似乎被他打蒙了，半天没有回过神来。

狄小飞见他真的已经完全没有了反抗之力，一颗悬着的心才真正放下来。想起这个黄天霸不但在学校里欺侮自己和其他同学，还踢伤了他最尊敬的袁老师，让她流血倒地，在医院里住了两个星期才回校上课，就不由得怒从心头起、恶向胆边生。他咬牙切齿地对着黄麒麟就是一顿拳打脚踢。“唔，唔唔，唔唔唔……”黄麒麟无法反抗，只能挣扎着发出痛苦的“唔唔”声。

狄小飞拳脚翻飞，一口气对这个人肉沙包猛揍了十多分钟，直到自己气喘吁吁汗流浃背，这才住手。最后他又拉开裤子拉链，对着黄麒麟身上畅快地撒了一泡尿，这才锁好大门离开石屋，并将钥匙再次放回到那块石头下面。

直到狄小飞骑着自行车走出树林，才敢吐气扬眉心情舒畅地笑出声来。他对着万里无云的天空大叫道：“真他妈爽！”

他骑车回到市区，已经是上午 10 点，他这才想起还没有去买菜，要是妈妈中午回家做饭时发现没有菜，肯定会对他一顿好骂。他一路吹着口哨，把自行车直接骑进金湾菜市场，胡乱挑了几样菜提回家，总算在妈妈那儿交了差。

因为心中有事，第二天早上，狄小飞很早就来到了学校。这时，他们班教室里还空空荡荡的，没有一个同学。周一早自习是袁老师值班，他知道如果没有什么意外，袁老师会很早就来到学校。

果然，他坐在教室里心不在焉地刚翻了两页语文书，就看见袁老师从外面快步走进来。

狄小飞急忙丢下语文书，跑到讲台边说："袁老师，我知道黄麒麟在哪里。"

袁老师一愣，问："你说什么？"

狄小飞见她不信，就把自己昨天无意中撞见矮个子绑匪，并通过跟踪找到他们关押黄麒麟地点的经过详细说了一遍。当然，把黄麒麟当人肉沙包狠揍一顿和在黄麒麟身上撒尿的事，他可不敢在袁老师面前说出来。

"你说的是真的？"袁老师半信半疑地看着他问，"你真的看见那两个绑匪了？"

狄小飞点头说："是的，我不但看见了那两个绑匪，还看见他们把黄麒麟绑起来蒙住眼睛封住嘴巴，关在笔架山下树林中的石屋里，开门的钥匙就藏在门前一块石头下。你要是不信，我现在就可以带你去看看。"

袁老师知道狄小飞是个老实孩子，不会对自己撒谎，所以看着他点头说："老师相信你。"她转过身，掏出手机快速地摁了三个数字。

狄小飞问："袁老师，你在给谁打电话？"

袁老师说："当然是打电话报警啊。"

狄小飞拦住她说："袁老师，我觉得咱们还是先别报警。"

袁老师一怔，问："为什么？"

狄小飞说："我亲耳听见那两个绑匪说他们不会要黄麒麟的命，只把他关几天就会放出来。那小子在咱们学校可没少干坏事，连你这个老师他都敢打，而且他老爸有钱有门路，警察也奈何不了他。我觉得这次是个机会，让他在绑匪手里多关几天，多吃点苦头再出来也好，说不定以后就会老实点。反正绑匪不会要他的命，咱们完全用不着替他担心。"

"这样好像不太好吧？"袁老师有点犹豫地说，"警察现在正在到处查找线索，如果咱们知情不报……"

狄小飞说："咳，你怕什么，这事我只跟你说过，连对我爸妈都没有提过，真的是只有天知地知你知我知，你不说我不说，警察怎么会知道咱们知情不报？过几天黄麒麟就会被绑匪放出来，自然就什么事情也没有了。"

袁老师被狄小飞说得有点心动，低头看着手机，叹了口气，在手机里删除了刚才键入的那个报警电话。

她还想跟狄小飞说什么，忽然听到教室门口传来一阵细碎的声音，两人扭头一看，原来是学校的严副校长来了。严副校长全名叫严文轩，今年 38 岁，是学校的常务副校长。

袁老师和狄小飞急忙止住话头，转过身同时说了一声"校长好”。严校长“嗯”了一声，背着双手走进教室看看，微微皱起眉头对袁老师说：“小袁啊，我检查一下学校的晨读情况，你看这都什么时候了，你们班上还空荡荡的看不到一个同学，你今后可得加强一下晨读纪律啊。”

袁老师表情有点冷淡地说：“我知道了，校长。”

看到严校长离开后，狄小飞有点替袁老师鸣不平：“搞什么搞？我们今天是来得早，晨读时间还没到呢，别的班不也没几个人到校?”

袁老师看了他一眼，轻声喝道：“小飞别胡说，赶紧回座位晨读去。”狄小飞不敢在她面前太放肆，吐吐舌头，回到自己座位上捧起语文书大声朗读起来。

袁老师从窗户里看着严校长渐去渐远的背影，怔怔地出神了好久。

同学们陆续来到学校，教室里很快传出琅琅读书声，但袁老师的情绪却显得有些低落，上课时竟然心不在焉地讲错了好几道题目。一整天下来，连班上最不敏感的男生，也感觉到袁老师肯定有心事。

下午的时候，袁老师没有布置语文作业就宣布放学了。她自己也没有在学校多逗留，很快就骑着摩托车回家了。

袁玥至今未婚，因为她喜欢清静，所以并没有住在学校的教工宿舍，而是在离实验中学不远的育才路租了一套房子，自己一个人住。从出租屋到学校，大约十五分钟车程，倒也方便。她回到家，吃罢晚饭，坐在客厅发了一会儿呆，就听见外面响起了门铃声。

她刚打开门，立即就有四个女生叽叽喳喳地涌进屋里。原来袁玥发现最近班上有几个女生成绩下滑得厉害，就约了她们几个每天晚饭后到她家里来补习。补习时间一般在晚上7点至9点。女生们倒是很认真，每天晚饭后都会准时来找袁老师补习。

四个女生进屋后停止打闹，都很自觉地拿出课本认真复习功课。袁玥刚给她们讲解完两道阅读理解题，忽然捂着嘴巴猛烈地咳嗽起来。一个女生问她："袁老师你怎么了？脸色怎么这么苍白?"

袁玥摆摆手说："我没事，可能是感冒了，有点咳嗽和头痛。"女生们懂事地说："袁老师你去休息吧，我们自己复习就行了。"袁玥摇头一笑，又坚持了一会儿，感觉实在撑不住了，就交代几个学生说："我先去卧室睡一会儿，你们在这里做功课，回家的时候告诉我一声。"听到女生们的应答声后，她一边咳嗽着，一边走进了卧室。

她关上房门后，并没有上床休息，而是把耳朵贴在门后，听到外面并无特别声响，这才放心。她掏出手机，打开录音播放功能，手机里便不时传出一阵阵她早已录制好的自己的咳嗽声。

她看看手表，时间是晚上7点12分，她长吸一口气，仿佛是在下定某种决心似的，对自己说："好吧，现在开始行动！"

她走到卧室面向外面走廊的窗户边，从防盗网的缝隙里伸出手去，很快就触摸到了安装在外面墙壁上的电闸。她用力将闸刀拉下，屋里的灯光顿时熄灭，门外传来女生们的一声惊呼。

袁玥轻轻打开卧室的门，外面客厅里漆黑一团，什么也看不见。但这里是她的家，对屋内摆设无比熟悉，很快她趁着黑暗的掩护悄无声息地从大门溜了出来，然后绕到屋外走廊窗户边，将电闸开关推上去。屋里的电灯又亮了，几个女孩以为刚才只是电路跳闸，并未多留意，很快又聚在灯光下做起作业来。

袁玥见几个小姑娘并未起疑心，不由得手抚胸口，长舒了一口气。她定定心神，蹑手蹑脚地走下楼梯，从楼下车棚里推出自己的摩托车，为了不让楼上的人听到摩托车发动的声音，她一直把那部女式摩托车推到大街边才打着火，然后骑着摩托车朝城南郊区的方向快速驶去。

因为是晚上，路上车流量不大，她不断地加大油门，把摩托车开得飞快，不到二十分钟就顺利驶出城区。又在郊外没有路灯照射的碎石路上行驶了十多分钟，就来到了笔架山下的树林里。

树林里没有半点光亮，到处都是黑黢黢的，灌木丛里忽然传出一阵她从来没有听过的怪异的鸟叫声，吓得她浑身直哆嗦。她停下车辨别了一下方向，仍然壮着胆子把摩托车往树林深处开去。

前行不远，摩托车的灯光里果然出现了一间小石屋，屋外的墙壁上爬满青藤，与狄小飞描述的完全一样。

她停下摩托车并没有熄火，让前大灯一直亮着，又扭转车头向四周照了一下，石屋周围并没有看见人影。她跳下车，走到石屋门口，低头寻找片刻，果然在门前草丛中找到一块石头。她戴上手套，伸手一摸，石头下果然藏着一把钥匙。

她拿出钥匙，双手颤抖得厉害，摸索着将石屋的门打开，摩托车的灯光从侧面照过来，无法直射进屋里，屋子里黑乎乎一片。她站在门口睁大眼睛看了好久，才隐约看见屋角有一把椅子，椅子上坐着一个人，头往下垂着，一动也不动，看起来像是睡着了。

她一步一步走进石屋，坐在椅子上的那个人，完全没有察觉到有人靠近。她走到那人跟前，在眼睛适应石屋里的黑暗之后，借着从门口折射进来的一丝微弱的摩托车灯光，她隐约看到那人被一根绳子牢牢捆在有靠背的椅子上，眼睛被蒙住了，嘴巴上贴着胶布，不用再细看，她已经认出他正是在学校里臭名远扬的“黄天霸”。

她咬了咬牙，忽然从口袋里抽出一把匕首，对准黄麒麟的胸口猛地扎了下去。她清楚地听到了利刃刺入人体插进心脏的声音，竟然与她小时候听到的屠夫在家门口宰杀年猪的声音有几分相似。

袁玥脑海中出现了短暂的空白。等她清醒过来时，发现自己已经从石屋逃离出来，跨坐在摩托车上。回头看看，石屋大门却忘记锁上了。只好又跑回去，将木门锁上，把钥匙重新藏在那块石头下。

她开着摩托车一路风驰电掣地回到自家楼下，已经是夜里8点48分。她以最快的速度冲上楼，踮着脚在门前走廊里经过，顺手将外面墙壁上的电闸关掉，趁着屋里一片漆黑的工夫悄悄地走回卧室。这时，手机里还正一阵有一阵没地传出她的咳嗽声。她回房后，立即从窗户里伸手出去推上了电闸。

没过多久，女孩们就来敲卧室的门。袁玥披散着头发，一边揉着惺忪睡眼，一边打开门，四个女孩跟她说："袁老师，时间不早了，我们走了，拜拜！"袁玥看看表，正是晚上9点，她咳嗽着跟几个女孩说了再见。

第十一章　生死拍卖

早上，黄金强一起床，右眼皮就一直跳个不停。他不由得心里一咯噔：俗话说左眼跳财，右眼跳灾，难道是我儿子出事了？

儿子黄麒麟失踪的时间已经超过一个星期，这期间既没有真正的绑匪打来电话索要赎金，警方也没有调查到黄麒麟的任何消息。黄金强坐立不安食不知味，不但每天打电话催警方破案，而且指派阿超发动黑白两道势力帮忙调查，结果居然查不到与那两个绑匪有关的半点线索。事到如今，儿子活不见人死不见尸，他这心里越来越没底。

黄金强用力拍了一下右边的眼睛，似乎是想把从右边眼睛里涌出的灾祸给拍进去。后来一想，感觉又有点不对，那句老话好像是说左眼跳灾右眼跳财吧？如果这样，那就说得通了，右眼跳财，今天他确实要发一笔大财。

黄金强开办的公司，叫环宇投资发展有限公司，他自任董事长。其实他的公司并不做任何实体经济，而是专门寻找那些因各种原因濒临倒闭的厂矿、企业、酒店、商场等，以极低的价格将其买下，在进行全面装修后聘请新的工人投入生产，并花钱请人扮演客户和顾客，通过媒体大做广告，制造出生意兴隆的假象，最后再以超高的价钱将企业转手卖掉。等买家事后发现上当受骗来找黄金强麻烦时，黄金强就让阿超请黑道朋友出马，以暴力手段摆平纠纷。如此一来，别人吃大亏上大当，黄金强却赚得盆满钵满。

而今天，就有一桩这样的大生意等着他去做。

前段时间，平京市最大的一家百货公司因破产被法院查封。因为公司欠下许多债务，法院要拍卖这家公司还债。黄金强托人打听过，法院定下的起拍价很低。而这家百货公司位于中心城区的黄金地段，只要他把这个百货公司拍到手，全新装修后稍加运作，就可以卖个好价钱，初步估计到手的利润将不低于五千万元。这可是一块大肥肉啊！他已经让阿超查明了竞拍对手的信息，并明里暗里运用一些手段，将这些对手一一搞定。今天法院开拍，只要他到场举一下牌，就绝对能以起拍价拿下这个百货公司。

今天早上，黄金强特意穿上西装系了领带，还让老婆给他梳了一个大背头，他刚走出家门，阿超已经开着那辆宝马在门口等着了。为了显示自己强大的气场，他今天特意叫阿超来充当自己的司机，后面还跟着两辆黑色奥迪，车上坐的全是他的保镖。

拍卖现场设在市政府行政中心大礼堂。阿超直接把宝马开到了礼堂门口，然后下车恭恭敬敬地为老板打开后座车门。黄金强慢条斯理地从车上走下来，后面车上同时下来了八个壮汉，全部留着板寸头，黑西装黑墨镜，步伐整齐地跟在黄金强身后充当贴身保镖。这气势，一下就把在场的人都给镇住了。

拍卖开始之后，一切尽在黄金强的掌握之中，开始几个小项目，大家竞争得很激烈，不断有人举起手中的号码牌，竞价声此起彼伏，最后都是以超过底价十倍左右的价格成交。但是当主持人报出百货商场这个项目，并亮出起拍价时，拍卖场上忽然变得鸦雀无声，没有一个人举牌应价。

主持人感觉有些愕然，连续报了几次底价，就在他以为这个项目即将流拍时，黄金强才慢吞吞地举起了手里的竞价牌。

主持人赶紧对着话筒喊："很好，这边有位先生应价，请问还有比他出价高的吗?"他往台下扫了一眼，但下面的人就像同时变成了哑巴一样，竟然没有一个人吭声。

黄金强嘴角挂着一丝得意的微笑，他对阿超为了这个项目所做的前期工作表示满意。

主持人略微有点尴尬，对着话筒卖力地连问了三声：“还有出价更高的吗？”台下仍然无人应价。原本以为这将是本次拍卖会竞争最为激烈的一个项目，所以主办方才会把它放在最后拿来做压轴好戏。谁知到最后关头却出现了冷场，连主持人都感觉有点不可思议，最后他只得无奈地举起拍卖槌，正要往下砸时，底下忽然有人举牌，喊了一声：“我加价五十万。”

声音虽然不大，却让在场的人都愣住了。黄金强脸色一变，心想：这是谁呀，吃了熊心豹子胆了，敢跟老子竞价？

他回头一看，举牌的人就坐在他身后，是一个龅牙男，五十多岁的年纪，红光满面，好像每个细胞都在向外渗着油水。

旁边的阿超附在黄金强耳朵边说：“这家伙叫刁伟德，外号‘龅牙刁’，年轻时是个厨师，后来跟酒店老板娘好上了，把她老公赶走后自己当上了酒店老板。现在他在平京城里经营三家美食城，也算是有头有脸的人物。只不过平时跟咱们在生意上没什么交集，所以董事长您可能不认识他。”

黄金强面露不悦之色，问：“他来干什么？抢咱们的生意啊？”

阿超低头说：“不知道啊，咱们之前侦查到的竞争对手名单里没有他呀。”

“一群废物，连这点小事都办不好！”黄金强瞪了他一眼，说，“这个项目老子无论如何也得拿下。”

黄金强咬咬牙，正要举牌竞价，忽然肩膀被人从后面轻拍了一下。他回过头，坐在身后的“龅牙刁”凑到他面前咧嘴一笑，喷出一嘴大蒜味，说：“老黄哥，我朋友昨天发了一段视频给我，很有意思，你要不要看看?”

黄金强恶狠狠地瞪他一眼，张嘴就骂：“你神经病啊，这时候谁他妈有闲工夫看你的视……”一句话没有说完，他忽然愣住了，因为他的目光从对方手机屏幕上掠过时，竟然发现那视频里有他儿子的身影。

他大吃一惊，以为自己看错了，凑近一瞧，出现在“龅牙刁”手机视频里的，还真是他儿子黄麒麟。

视频中的黄麒麟被捆绑在椅子上，眼睛蒙着黑布，嘴巴贴着胶布，镜头前有人伸出一只手，手里拿着一把寒光闪闪的匕首，正在黄麒麟脸上比画着……

黄金强脑中轰然一响，差点儿从座椅上摔下来。

“去你妈的，原来我儿子是被你……”他怒声而起，正要当场发飙，“龅牙刁”却忽然朝他挤挤眼，伸出一根手指竖在嘴边朝他“嘘”了一下，示意他保持安静。

黄金强咬咬牙，恨恨地瞪他一眼，只得又坐下来。“龅牙刁”在他耳边说：“我刚才已经说过，你儿子被绑架的事与我无关，这是我朋友发给我的视频。当然，如果你愿意把这单生意让给我，我可以跟我朋友说说，也许他会看在我的面子上放了你儿子。”

黄金强这才彻底明白过来，原来他儿子竟然是被这个“龅牙刁”绑架的。而“龅牙刁”绑架他儿子，就是为了今天在这场拍卖会上手里有筹码压制他。“龅牙刁”绑走黄麒麟后，既没有联系人质家属勒索赎金，也没有给黄金强打威胁电话，现在突然拿出这个视频给他看，确实起到了出奇制胜的效果。黄金强一下子就在拍卖场上乱了阵脚。

主持人还在台上举着拍卖槌大声追问：“这位先生加价五十万元，还有出价比他更高的吗?”

黄金强看着自己手里的竞价牌，一时犹豫不决，这块到了嘴边的肥肉让“龅牙刁”抢走，他实在心有不甘。可是儿子在他手里，如果跟他硬碰硬，又怕儿子会吃苦头。

他在心里权衡了一下，最后把手里的竞价牌往地上一扔，说：“行，这桩生意让给你，你马上放了我儿子，要是他少了半根汗毛，老子一定杀你全家。”

“龅牙刁”朝他伸出两根手指头，做了一个胜利的手势，说：“好，成交!”

就在这时，主持人也在台上落槌，指着“龅牙刁”说：“好，祝贺这位先生竞拍成功。”“龅牙刁”丢下竞价牌哈哈大笑而去。黄金强气得脸暴青筋，叫道：“喂，你还没告诉我我儿子在什么地方呢！”

“龅牙刁”直到快走出礼堂大门时，才回头朝自己刚才坐的座位指了指。黄金强低头一看，座位上扔着一个小纸团，他急忙捡起打开一看，上面写着“笔架山下林中石屋”几个字。

阿超望着“龅牙刁”离开的背影，不服气地说：“董事长，这么大一笔生意，就这么让给他了？”

黄金强的满腔怒火顿时发泄在他身上，指着他的鼻子骂道：“让你妈个头啊，我儿子在他手上呢。老子养了你们这群没有用的猪，查了这么久居然不知道我儿子在他手里。”

阿超低头站在那里，面露惧色，不敢吭声。黄金强把手里的纸条甩给他，怒冲冲地道：“这是地址，你他妈还愣着干什么，还不赶紧去救人？”

阿超看了纸条后挺一挺胸脯说：“是，董事长，我这就去救少爷。”

他朝后面那八个保镖打个响指，带着他们开着两辆奥迪，救火似的赶往笔架山下。

黄金强想了想，还是觉得有点不放心，于是开着自己的宝马跟了过去。

他刚把车开出城区，手机就响了，一接听，是阿超打来的。阿超在电话里说：“董事长，我们找到纸条上写的那间石屋了。”

黄金强忙问："找到我儿子没有？他怎么样，没有受伤吧？"

"我们找到麒麟少爷了，"阿超在电话里犹豫一下，带着哭腔说，"不过……"

"不过什么？"

"不过他已经死了。"

"什么？"黄金强一脚急刹，额头差点撞到前面的挡风玻璃上，"你说什么？"

阿超放低声音说："我们在石屋里找到了少爷，不过他已经没气了……他胸口插着一把匕首，他是被人杀死的……"

黄金强对着电话大吼道："你们在那里等我，我马上就到。"扔下电话，他在郊外的石子路上把小车开得飞快。来到笔架山下，已经有一个黑衣保镖受阿超的指派在树林外等他。看到黄金强的车，保镖立即跑在前面给他带路。

黄金强直接把车开进了树林，车在树林缝隙中穿梭着，很快就看见一间爬满了青藤的石屋。阿超他们几个都默默地站在石屋外面等着他。

宝马车还没有停稳，黄金强就从车里跳下来，问："到底什么情况？我儿子他……"

阿超迎住他说："我们赶到这里时，石屋的门是锁着的，我们把锁砸开闯进去，看见少爷确实被关在这里，只不过我们发现他时，他已经……”

黄金强脚尖踩到台阶边沿，差点儿跌倒，多亏阿超眼明手快，一把将他扶住了。他急匆匆地跑进石屋，看见屋角的椅子上绑着一个人，眼蒙黑布，嘴巴也被胶布封住了，正是他失踪多日的宝贝儿子黄麒麟。再一看，一把匕首赫然插在他儿子胸口！

阿超在后面解释说：“我们来的时候就已经是这样了，怕破坏现场，所以不敢解开绳子把少爷从椅子上放下来。”

黄金强用颤抖的手解开蒙在儿子眼睛上的黑布，揭去贴在他嘴巴上的胶布，轻轻叫了一声：“麒麟！”黄麒麟歪着头，被黑布蒙住的眼睛惊恐地大睁着，再也不能回答他父亲的呼唤。黄金强摸摸儿子的脸，已经冰凉冰凉了，看来已经遇害很久。他心里一阵剧痛，忽然瘫坐在地上，看着儿子的尸体号啕大哭起来。

阿超也不由得心下凄然，正要伸手将他扶起，黄金强却猛然从地上跳起来，眼中泪水尚未抹去，却已闪现出可怕的杀机。他咬牙道：“‘龅牙刁’，老子不杀光你全家，誓不为人！”

黄金强朝阿超等人挥挥手：“马上给我叫齐一百个人，全部带上家伙，老子要“龅牙刁”全家为我儿子抵命！”

阿超点头说：“行，我这就去召集人手。”话音未落，石屋外面忽然响起一阵警笛声，把屋里的人都吓了一跳。

黄金强瞪了一眼阿超，怒声问：“是你报的警？”阿超赶紧摇头，说：“我没有报警，我们都没有报警。”

黄金强皱眉道：“没有报警，那些臭警察怎么会跑过来?”他走到屋外，只见几名警察从警车上跳下来，为首一人正是刑警大队的大队长宋铎，后面跟着他的两名助手苏晚晚和曹亮。

黄金强站在石屋门口拦住他们说：“你们怎么来了？这里没有人报警。”

宋铎淡淡地道：“确实没有人报警，不过经过上次你私下与冒牌绑匪接触的事之后，我们就已经对你不放心了，一直派人暗中跟踪观察你。我的人看见你和你的保镖都火急火燎地往这偏僻的地方赶，就知道肯定有问题，所以我们也跟着赶过来了。怎么，找到你儿子了吗?”

黄金强红着眼圈说：“他就在屋里，你自己去看吧。”

宋铎注意到现场气氛不对，心中已经感觉到情况不妙，他急忙带着苏晚晚和曹亮走进石屋。看见黄麒麟胸口插着一把匕首，双目暴瞪，已经死亡，不由得倒吸了一口凉气。

第十二章　幕后老板

法医孟瑜和警方技侦人员很快赶到现场。孟瑜在现场检查尸体后，初步得出的结论与大家预想的完全一致，黄麒麟正是被那把匕首刺穿心脏而死。而死亡时间，孟瑜推断出是在昨天，也即5月17日晚上7点至9点。石屋地面由一些粗糙不平的石块铺成，痕检员表示要想在屋里找到凶手留下的脚印，估计有些困难。

黄金强见警方还一个劲儿地在石屋里查找凶手留下的痕迹，心里就有些着急，大声嚷道："你们不用找了，我已经知道凶手是谁了。"

"哦?"宋铎有点意外地看着他。

黄金强就把"龅牙刁"绑架他儿子黄麒麟，并在今天的拍卖会上以此要挟他的事，全都说了出来。他挥舞着拳头说：“我以为把那桩生意让给他，他就会放过我儿子。谁知道这个老狐狸竟然跟我玩阴的，我儿子在昨天晚上就已经遭了他的毒手。这个仇，我黄金强一定要报！”最后这句话，几乎是从他紧咬的牙缝里迸出来的。

宋铎拦住他说：“你千万别冲动，他是不是凶手，得由我们警方来调查。”

黄金强不满地推了宋铎一把，道：“警方调查警方调查，正是因为我相信了你们警方，我儿子才会死在“龅牙刁”手里。”

宋铎知道他儿子出事，情绪激动，不想跟他当场吵起来，只是用冷静的语调问他：“其实你一直都没有真正相信我们警方，对吧？一开始，你私下接触冒充绑匪的郭芙蓉，差点儿误了大事，后来你又动用黑道势力全城查找你儿子的下落，结果不也没有找到你儿子的一根头发？”

黄金强一愣，问他：“原来你什么都知道，你是不是在老子身边派了卧底？”宋铎道：“卧底倒不至于，但平京城里黑白两道的事，我多少还是知道一点。”黄金强“哼”了一声，说不出话来。

宋铎问他：“你知道这个‘龅牙刁’住在什么地方吗？”黄金强摇头说不知道，他又把目光转向阿超。

阿超忙举手说："我、我知道，这个'龅牙刁'全名叫刁伟德，是伟德美食集团老总，平时他一般都待在他开的那家尚品美食城里。那家美食城就在胜利大道，你们去那里一定能找到他。"

宋铎点点头，朝苏晚晚和曹亮说："走，咱们去找找这个'龅牙刁'。"

黄金强跟上来说："我也去。"

宋铎拦住他说："你还是留在这里协助警方办案吧，我们调查'龅牙刁'如果有结果，自然会第一时间通知你。"

黄金强叫道："那个王八蛋杀死我儿子，你们一定要把他抓起来枪毙！"

宋铎说："你放心，如果他真的是凶手，警方绝不会放过他。"

宋铎带着苏晚晚和曹亮，开着警车从笔架山下出来，沿着那条碎石路返回城区。警车拐个大弯朝城西方向驶去，大约半个小时后，他们来到了西城区胜利大道。

尚品美食城在平京市内颇有些名气，据说专营高档菜式，虽然价格贵得离谱，但生意却出奇的好。警车在胜利大道行驶了几分钟，宋铎就看到了矗立在街边的一幢挂着尚品美食城招牌的大楼，楼高12层，看起来十分气派。

曹亮把警车停在美食城门口，抬头看了一下美食城的招牌，说："什么时候宋队能请我们到这里来吃一顿就好了。"

宋铎拍一下他的头说：“等破了案，我一定请你来这里吃一顿大餐。”

曹亮不由得笑了，说：“行，就冲宋队这一顿大餐，我也得卖力地干活。”

三人下了车。这时正是午餐时间，美食城里果然食客盈门，生意火爆。宋铎在大厅里站了一会儿，招手叫来大堂经理问：“你们老板刁伟德在吗？我们找他。”

大堂经理见他们身着警服，不敢怠慢，点头应道：“我们老板在八楼办公室，我带几位上去吧。”

她带着宋铎三人走进电梯，上到八楼，走到一间挂着“董事长”牌子的办公室门口，说：“我们老板就在里面。”

宋铎道声谢，等她走进电梯后，才伸手敲了敲那间办公室的门，屋里隐约传出有人说话的声音。推门进去一看，屋里的沙发上半躺着一个男人，一个短裙女孩侧身坐在他旁边，正在给他按摩。

看见敲门进来的是几个警察，两人都愣住了。女孩急忙红着脸站起来，扯扯裙摆，低着头跑出了房间。男人从沙发上坐起来，宋铎看见他的龅牙，就知道没有找错人。

对方有点恼火地说：“你们是谁啊？怎么不敲门就进来了？”宋铎说：“我们敲门了，可能你没有听见。”

“好吧，”“龅牙刁”满脸不高兴地从沙发上站起来，看着宋铎他们问，“你们找我有什么事？”

苏晚晚上下打量他一眼，皱眉说：“你先把裤链拉上再说。”“龅牙刁”一低头，才发现自己下面大门洞开，不由得面露尴尬之色，急忙拉上裤链。

宋铎看着他问：“你就是刁伟德吧？”“龅牙刁”点头说：“我就是。你们找我到底有什么事？”

宋铎不想跟他兜圈子，直截了当地问：“黄金强的儿子黄麒麟，是你绑架的吧？”

“龅牙刁”脸色微变，咬着牙小声骂了一句：“黄金强这个王八蛋，说好公平交易，他居然敢去报警！”

“到底是还是不是？”宋铎紧盯着他追问了一句。

“龅牙刁”换了一副脸色，赔着笑说：“警官你误会了，你们千万别听黄金强的一面之词，他是因为跟我竞争百货公司那个拍卖项目失败，对我怀恨在心，所以才在你们面前诬陷我的。其实他儿子被人绑架的事，我完全不知情，只不过是恰巧有人转给我一个视频。我把视频给黄金强看了，他见视频里有他儿子，就认定是我绑架了他儿子。早知道这样，我就不把视频给他看了。”

宋铎不想听他睁着眼睛说瞎话，冷声道：“黄金强赶到你纸条上写的那个地址时，他儿子黄麒麟确实在那个石屋里。只不过，那时黄麒麟已经死了。警方现在不仅怀疑你绑架，还怀疑你杀人！”

“什么，他儿子死了？”龅牙刁大吃一惊。

宋铎点头说：“是的，黄麒麟是被人用匕首杀死的，死亡时间是在昨天晚上7点至9点。”

“龅牙刁”好像被人敲了一记闷棍，退后一步，一屁股跌坐在沙发上，嘴里喃喃地说：“难怪熊大、熊二这两个王八蛋今天一早就联系不上了，原来他们把黄麒麟给杀了！”

宋铎听出了端倪，上前一步盯着他问：“熊大、熊二是谁？你怎么知道是他们杀了黄麒麟？”

“龅牙刁”脑门上已经冒出冷汗，低头说：“警察同志，我跟你们说实话吧，黄金强的儿子黄麒麟确实是我叫人绑架的。但我只是叫他们把黄麒麟找个隐蔽的地方关起来，好让我在跟黄金强抢生意时手里多一点筹码，绝对没有叫他们去杀人啊！”

据“龅牙刁”交代，他对这家被查封的百货公司觊觎已久，只要他能拿下这个项目，转手就能成倍地赚回来。但他知道，像他这样盯着这块肥肉的大有人在，他觉得凭自己的能力，很难把每一个竞争对手都搞定。后来他听到风声，说环宇投资公司的黄金强已经暗中使用一些见不得光的手段，将其他竞争对手都一一摆平了。他不由得心里一乐，既然黄金强搞定了其他对手，那么他只需要搞定黄金强就行了。

他打听到黄金强有个儿子，叫黄麒麟，正在实验中学读高二。黄麒麟是黄金强的独子，黄金强平时对儿子宠爱有加，如果能将黄麒麟绑架到自己手里，绝对能让黄金强在拍卖场上对自己俯首称臣。

经过熟人介绍，“龅牙刁”认识了两个混黑道的朋友，这两人是结拜兄弟，长得高的自称熊大，长得矮的自称熊二。据说只要肯给钱，什么事他们兄弟俩都可以干。于是“龅牙刁”就跟熊大、熊二兄弟俩提出，自己出价四十万元，请他们去绑架黄金强的儿子。只要两人同意，他可以先付二十万元定金，事成之后再付另外一半酬金。熊大、熊二很爽快地接下了这单生意。

那天傍晚，在实验中学附近的鸡毛巷里，开着一辆套牌面包车将黄麒麟掳走的那两个墨镜男，就是熊大和熊二。

熊大、熊二在笔架山下那片人迹罕至的树林里找到一间废弃的石屋，他们给石屋装上了一扇牢固的新门，然后把黄麒麟捆绑后关在石屋里。“龅牙刁”听说他们绑架得手，在电话里告诉他们，千万不要伤人性命，只要把这小子关几天，等他生意谈成，就可以放人了。

因为竞拍在即，昨天下午“龅牙刁”让熊大和熊二用手机拍摄了一段黄麒麟的视频发给他，就是今天黄金强在拍卖现场看到的那个视频。跟“龅牙刁”预想的一样，儿子绝对是黄金强的软肋。黄金强看到视频知道儿子在“龅牙刁”手里，立即阵脚大乱，不敢再举牌跟他竞拍。“龅牙刁”最终顺利拿下百货公司这个项目。

“龅牙刁”本以为把关押黄麒麟的地点告诉黄金强，让他去把儿子救出来，这事就算完了，最多只要防范一下黄金强日后的报复就行了。谁知这么快就有警察找上门，告诉他说黄麒麟被人杀死了，而且死亡时间是昨天晚上。他忽然想起今天早上给熊大、熊二打电话，两人手机均已关机的事，当时以为两人正在睡觉，就没有放在心上。现在看来，多半是两人昨晚杀人之后畏罪潜逃了。

宋铎听完“龅牙刁”的供述，看着他问：“你的意思是说，你指使熊大、熊二绑架黄麒麟，但没有叫他们去杀人，杀害黄麒麟纯属他们的个人行为，跟你无关，对吧？”

“龅牙刁”点头说：“是的，我只让他们去绑架人质，并没有叫他们杀人。”

宋铎问：“既然这样，那熊大、熊二为什么要杀黄麒麟呢？杀死人质其实对他们一点好处都没有，对吧？既拿不到你给他们的另外一半酬金，还要为此背上杀人犯的罪名，他们为什么要这么做呢？”

“这个……我就不知道了。”“龅牙刁”摇摇头想了一下，像是忽然想起什么似的，说，“不过熊大、熊二给我打电话的时候，曾抱怨说黄麒麟这小子很难伺候，都被绑架了还当自己是个大少爷，早餐要吃指定店里的包子，喝水要喝二十块一瓶的高档水……熊大、熊二都是脾气火暴之人，会不会是黄麒麟把这黑道双煞惹火了，两人一时怒冲脑门，就一刀把他给宰了，事后也不敢跟我说，赶紧连夜潜逃了。”

“这倒是有可能。”宋铎点点头，又问，“你跟这熊大、熊二兄弟俩熟悉吗？知不知道他们住在什么地方？”

“这个……我还真不知道。”“龅牙刁”使劲儿抓抓头皮说，“我跟他们是经过熟人介绍认识的，对他们两个人并不熟悉，只是在谈这桩生意时和他们在KTV包房见过一面，事后一直电话联系，并没有再见面。至于他们住在哪里，这个我还真没问，问了估计他们也不会说。”

“那这样吧，你把介绍你跟他们认识的那个熟人的联系方式给我。熊大、熊二犯下这么大的案子，无论如何都得找到他们。”

“龅牙刁”说：“我那个熟人叫何中介，不是绰号，他本名就叫何中介。其实他是个开出租车的，不过他耳目通天，跟黑白两道的人物都有点关系。他住在长河路41号，我这里还有他的手机号，也一起告诉你们吧。”他翻了下自己的手机，将储存在通信录里的何中介的手机号告诉宋铎，然后又说，“假如人真是熊大、熊二杀的，估计早就逃走了，不可能待在家里等着你们去抓吧？”

“这就不是你要管的事了，”宋铎严肃地说，“你自己身上的事还没有完呢，先跟我们去趟公安局吧。”

他挥挥手，曹亮上前给“龅牙刁”戴上手铐。

第十三章　熊大、熊二

将“龅牙刁”押回市局后，宋铎立即给那个叫何中介的出租车司机打电话，对方一听警方有事找他，倒是十分配合地说：“那我下午不出车，在家里等你们。”

宋铎带着苏晚晚和曹亮赶到长河路 41 号，找到了开出租车的何中介。

何中介已经在电话里了解到警方的来意，见面就说：“熊大、熊二是我在道上的两个朋友，他俩都不是本地人，熊大姓何，跟我同姓，熊二姓麻，具体真名叫什么，他俩从没有向我透露过。我跟他们是在一次打麻将时认识的，后来又有些交往，知道他俩是混黑道的，而且都曾经坐过牢。”

宋铎问：“你知道他们住在什么地方吗?”

何中介说："他们是租房住的，就住在祥和村，房子还是我给他们介绍的呢。如果你们想去，我可以带路。"

宋铎说："行，那就多谢你了，我们想去他们的住处看看。"

何中介把他们带到祥和村，找到一栋旧楼，爬上三楼后，他指着一个房间说："他们就住这里。"

宋铎上前敲门，无人应门，转动门锁，发现房门已经上锁。何中介打电话叫来房东，很快打开了房门。

里面是一个大房间分隔成的两个小房间，满屋的啤酒瓶，走动两步就会踢得叮当作响。宋铎在屋里转了一圈，除了找到一把仿真手枪和两把砍刀，并没有其他发现。

宋铎见何中介要进屋，急忙摆手将他拦在门外说："这屋里可能有熊大、熊二留下的脚印和指纹，你不要进来破坏现场。"他掏出手机，打电话叫留守在队里的刑警老杜带技侦人员过来。

十多分钟后，老杜开着警车带人来了，经过对熊大、熊二的住处进行搜索和检查，警方采集到了两人留在茶杯上的指纹。宋铎听何中介说两名犯罪嫌疑人曾有前科，肯定在警方留有案底，把两人的指纹与警方指纹库里的资料一比对，很快就查明了二人的身份。

个子较高的熊大，本名叫何新军，四川人。个子矮的熊二本名叫麻钊，重庆人。两人均因抢劫罪被家乡法院判过刑，并被关在同一间监狱，估计二人就是在服刑期间认识的。三年前两人同时刑满释放，一并来到平京市落脚，一年前因为聚众斗殴，同时被平京警方刑事拘留十五日。

苏晚晚分析说："如果我是熊大和熊二，杀人之后肯定不会再待在平京市等着警察来抓。"

曹亮也点头说："是的，这两人杀人后应该会立即潜逃，我觉得咱们可以到长途汽车站和火车站调查一下。"

宋铎赞同他们的说法，让他们分别到汽车站和火车站看看。苏晚晚和曹亮领命而去。

没过多久，苏晚晚从火车站打来电话，说她在火车站查到了熊大和熊二的购票信息。

今天上午 7 点 28 分，两人来到火车站各买了一张火车票，熊大买的是上午 8 点 22 分去往天津的卧铺票，而熊二买的是上午 8 点 40 分去往深圳的硬座票。火车票需实名购买，两人都是用自己的身份证买的票。苏晚晚查看过火车站的监控视频，确认两人都已经乘上了各自购票的火车。

宋铎说："这两个人昨天晚上 7 点至 9 点杀人，直到今天早上才买票潜逃，反应有点迟钝啊。你再查一下，看他们到各自目的地需要多长时间。"

苏晚晚到火车站售票窗口查询后回复他，熊大到天津需要 15

个小时，熊二到深圳需要12个小时。

宋铎看看手表，现在才下午两点多，两人应该还在火车上，他立即让苏晚晚把二人的购票信息发过来，然后由平京市公安局分别发给相关铁路警方，请求协助调查。

铁路警方接到协查通报后，立即命令当班乘警对两列火车展开排查。根据票面信息，乘警在开往深圳的火车上，找到了正在打瞌睡的熊二。然后铁路警方将他带上返程的火车，直接押往平京火车站。

而去往天津的那趟列车上，熊大的卧铺位却是空的。宋铎查了一下列车时刻表，这个时候，熊大乘坐的那趟列车从平京站出发后，至少已经经过九个站，估计熊大早已中途下车，并且已经提前出站。沿途站点这么多，要一个一个地去查，就比较困难了。不过，总算抓住了一个熊二，也不算全无收获。

晚上10点多，铁路警方电话通知平京市公安局，说熊二已经被带到平京火车站，暂时羁押在车站派出所，请他们派人接收。

宋铎立即带着苏晚晚和曹亮，还有另外两名刑警驱车赶到火车站，将熊二带回刑警大队。

熊二身高才一米六出头，个头儿看上去有点矮，但他浑身上下都是肌肉腱子，给人一种孔武有力的感觉。两名刑警将他摁在审讯椅上，怕出什么意外，就一直站在旁边看护着。

宋铎在他面前踱着步子问：“知道我们为什么抓你吗？”

“知道，你们想请我吃饭嘛！”熊二说完，“嘎嘎”大笑起来。

宋铎也不发火，淡然地看他一眼，心里却在想此人是个惯犯，对警方这一套已经了然于胸，看来是不能用常规的审讯方法来对付他了。他踱了两步，心中已有主意，说：“你大哥他……”

“我大哥他怎么了？”熊二果然上钩，表情急切地问。

宋铎端起杯子慢吞吞喝了口水，嘴里还发出“咝咝咝”的声音。熊二伸长脖子看着他，下意识地舔了舔干裂的嘴唇。

宋铎停顿了好一会儿，才说：“你大哥在你到来之前，被我们在去往天津的火车上抓住，他已经对警方全部招供，他说黄麒麟是你杀死的，跟他没有半毛钱关系，我们想听听你的意见。”

“我大哥真是这么说的？”熊二瞪大眼睛问。

宋铎点头说：“他确实是这么说的，他说黄麒麟之死跟他无关，你才是凶手。”

“嘎嘎嘎……”熊二又大笑起来说，“警察叔叔，你就别骗我了，你们根本就没有抓到我大哥。”

“你为什么会这么认为？”

“很简单啊，我大哥根本不会说这样的话。我们兄弟俩早已结为生死之交，我大哥是极讲义气的人，别说黄麒麟不是我们杀的，就算真是死于我二人之手，他也绝不会把罪名往我身上推。”

“你说黄麒麟不是你们杀的?”宋铎猛然抬头盯着他问。

“当然不是。”

“既然不是你们杀的，你们为什么要畏罪潜逃?”

熊二大声道：“谁说我们畏罪潜逃了？就算我们要逃，也不是因为你们警察，而是因为刁老板。我们是怕刁老板怪我们办事不力，找我们要回已经支付的二十万元酬金，所以才决定分头离开平京市暂避风头的。我们确实绑架了黄麒麟，但他并不是我们杀死的。”

熊二说，他和熊大收了刁老板二十万元定金之后，就立即展开行动，很容易就将黄金强的儿子黄麒麟绑到手，并将他关押在笔架山下那个隐蔽的石屋里。除了一天给这小子送三次饭不让他饿死外，平时也没怎么管过他。

昨天下午，刁老板叫他们拍一段黄麒麟的视频发给他，他们照做了。今天早上，他们买了早餐送到石屋时，才发现黄麒麟居然死了，还是被人用一把匕首捅死的。

他和熊大都有点慌张，毕竟人是在他们手里死掉的，如果被警察抓到，浑身是嘴也说不清。另外，刁老板早就跟他们有协议，不许伤害人质的性命，如果不按他的要求去做，就要他们兄弟俩吃不了兜着走。

现在人质居然在他们手里被人杀死，这回算是给刁老板惹下了大麻烦，不要说找刁老板要剩下的一半酬金，只怕连已经支付的二十万元定金也会被他要回去。

兄弟俩一商量，三十六计走为上，决定也不找刁老板要剩下的酬金了，先把到手的二十万元平分之后分头跑路，等过一段时间再联络。最后，两人就各揣着十万元钱，到火车站买了车票，分头离开了平京市。

熊二说："黄麒麟根本不是我们杀死的，你说我大哥在你们面前招供说我是杀人凶手，你觉得我会相信你的鬼话吗？"

他看见宋铎脸上的表情越来越难看，又"嘎嘎"笑着说，"对了，你们肯定跑到火车上去抓我大哥了吧？肯定没抓到吧？就是啰，我大哥那么聪明，怎么会让你们抓到呢？嘎嘎嘎。"

宋铎紧盯着他，就像盯着一只从粪坑里爬出来的屎壳郎，冷声道："黄麒麟是被你们两个绑架的，也是被你们关进那间石屋的，他被关押的具体地点只有你们两个人知道。而且最重要的是，石屋大门钥匙在你们手里，只有你们才能开门进去。现在黄麒麟在石屋遇害，你却说凶手不是你们，你说警方会相信你的话吗？"

"我和老大就是知道你们不会相信，所以才要跑路的啊。"熊二一脸比窦娥还冤的表情说，"其实警官你想一想，我们为什么要杀黄麒麟？拿你们警察的话说，我们没有杀人动机啊。我们兄弟俩只是为了求财，刁老板反复交代我们千万不要闹出人命，如果我们杀了黄麒麟，把刁老板的事情办砸了，那剩下的二十万元酬金不就拿不到了吗？我们辛辛苦苦绑个架，像伺候亲爹一样伺候那个小王八蛋，不就是为了早日拿到那二十万元吗？你看我们都绑了他一个多星期了，最多再坚持几天就可以拿到全款，怎么会在这个节骨眼儿上捅那小子一刀？这不是跟钱过不去吗？”

宋铎皱着眉头听完他的吐槽，想一想感觉也有些道理。这两人的目的是求财，而且“龅牙刁”确实交代他们不可闹出人命，否则酬金分文不付。眼看这次绑架任务就要完成，若非发生重大变故，他们绝不会置即将到手的二十万元于不顾，而冲动地向黄麒麟举起屠刀。

“哦，对了，你刚才说黄麒麟被杀时间是在什么时候？”熊二问。

“昨天晚上，”宋铎看着他重复了一句，“昨晚 7 点至 9 点。”

“哦，这就更不可能是我们杀了他了。”熊二像是忽然想起了什么，说，“这个时间段，我跟老大都在一个朋友家里打麻将，不信你们可以去调查。”接着，他说了那个朋友的姓名和住址。

宋铎皱皱眉头，熊二说的这个地址，就在城东派出所附近。他打电话到城东派出所，找到一位熟识的老警察，请他按熊二所说的地址去调查了一下。最后证实，昨天晚上熊大、熊二确实在那个朋友家里打麻将，他们没有作案时间。

这让宋铎感到有些意外，他直盯着熊二看了足足有两分钟，好像要透过他一脸冤屈的表情直看到他心里面去。既然熊二说的是真话，那么黄麒麟的命案很可能另有隐情。如此一来，案情就更复杂了，如果黄麒麟不是熊大、熊二所杀，那真正的杀人凶手又是谁？

他背着双手来回踱了几步，忽然抬头问熊二：“你们昨天接到刁伟德的电话，到石屋去给黄麒麟拍视频是在什么时候？”

熊二想了一下说：“大概是下午 5 点吧。当时我还给黄麒麟带了外卖，拍摄完视频让他吃过晚饭后我们才离开，离开的时间嘛，估计是 5 点半。”

宋铎继续发问：“你们离开的时候，是否在石屋周围看到什么人，或者发现什么异常情况？”

熊二扬起头说：“没有啊，那个地方很偏僻，而且树林里有很多老坟，听说还经常闹鬼，没事儿谁会到那里去呢？”

“那么大门钥匙呢，由谁保管？”

熊二说：“大门上挂着的是一把大铁锁，只有一把钥匙，老大让我保管，我怕把钥匙弄丢，就藏在了石屋前面草丛里的一块石头下面。每次开门都是从那里拿钥匙，用完再放回去。”

“除了你跟熊大，还有谁知道钥匙藏在那里？”

“除了我俩，没有人知道。”

“连刁伟德也不知道？”

“你说刁老板？他知道个屁，他根本就没有去过，只会在电话里指挥我们两个做这做那。”

“昨天下午五点半你们锁门离开石屋之后，再次去石屋是在什么时候？”

“我们过了一晚，一直到今天早上7点左右，才去给黄麒麟送早餐。谁知开门进去一看，这小子已经死了，一把匕首插在他胸口，我们当时就吓尿了……”

“等等，刚才你说你们是开门进去的？”宋铎看见对方点头，又接着说，“也就是说，早上你们到达石屋时，门是锁上的，对吧？”

熊二点头说：“对的，那铁锁是锁上的，而且没有被撬动过的痕迹，是我拿钥匙开的门，钥匙还是放在石头下，根本没有被人动过。”

“你的意思是说，你们早上来到石屋时门是锁上的，锁完好无损，钥匙也在石头下，但屋里的黄麒麟却已经死了，是吧？”

“对，就是这么回事，我们当时也觉得不可思议。门没坏，锁没撬，钥匙没被人动过，可是黄麒麟却在屋里死翘翘了。难道是老坟里的野鬼跑出来杀的人？”熊二脸上露出恐惧的表情，说，“当时我跟老大都有点慌张，出了这样的事，如果被警察抓到，我们真是有嘴也说不清啊。想来想去，还是赶紧离开平京市，跑得越远越安全。”

宋铎回忆了一下上午在树林石屋中看到的情况，说：“那个石屋，我记得好像后面墙壁上有个窗户，不过窗户很小，距离地面也比较高，而且还安装有钢筋护栏，绝对没有人能从窗户里钻进去，除非他是一只老鼠。”

旁边的苏晚晚忽然开口说：“那有没有可能是凶手从窗户外面扔飞刀进去杀死黄麒麟，或者把匕首绑在竹竿上，从窗口伸进屋内，刺死黄麒麟呢?”

熊二摇头说：“这个更不可能，因为黄麒麟是坐在墙角的，身体斜对着窗户，就算真有人会小李飞刀的绝技，也绝不可能从那么倾斜的角度把匕首从正面直直地插进他胸口。”

宋铎叹口气，说：“这可真是怪事。”

曹亮忽然一拍大腿说：“这个黄麒麟该不会是自杀的吧?”

苏晚晚回头瞪他一眼，问：“你觉得呢?”

曹亮吐吐舌头讪笑道：“我觉得没有这个可能。”

宋铎皱起眉头，把这桩绑架杀人案重新思考一遍，发现这个案子远比警方预想得复杂。而且最出人意料的是，警方一直以为凶手就是熊大和熊二，只要抓住这两个人，这案子就破了。现在熊二落网，却供述说他们只绑架没杀人。如果他说的是真话，那么这个意外出现的杀人凶手，到底是谁呢？案情转变得太突然，以致警方现在对此几乎可以说是完全没有线索。

“看来咱们还得去现场看看。”宋铎看看表，已经是深夜12点，他对两名助手说，“今天就到此为止，大家都回去休息吧。”

第十四章　一枚脚印

第二天一早，宋铎带着苏晚晚和曹亮驱车来到笔架山下。因为黄麒麟的命案，警方车辆和人员多次出入，已经在树林里碾出一条通道来。尽管警方现场勘查工作已经结束，但石屋周围的警戒线并没有撤掉。

宋铎走到石屋前，先看了看大门。据黄金强说昨天上午最先赶到这里的，是他公司的保安队长阿超，阿超来到时门是锁上的，他们用石头将门锁砸开才得以进屋。被砸坏的挂锁并没有在现场，已经被警方技侦人员拿走，但门框上被砸断的挂锁锁扣还在。宋铎凑近一看，整个锁扣几乎都被从门框上砸得掉下来了，可见阿超当时用力有多猛，同时也说明门锁比较牢固，若非使用暴力，很难将其破坏。

他对着锁扣研究了一会儿，又回过头走下石屋前的台阶，台阶前面是一片草丛，他在草丛里寻找了一会儿，果然看见有一块石头，搬开石头，下面明显有藏过东西的痕迹，但是钥匙已经不在。据熊二交代，昨天早上他们发现黄麒麟离奇被杀慌忙逃离时，一并把钥匙带走了。他在那块石头四周查看，见四面杂草丛生，已经不可能从地面提取到任何脚印之类的痕迹。

他转身踱进石屋，石屋的面积不到二十平方米，与外界的通道只有两个，一个是大门，另一个是窗户。地面上还保留着警方用来标明死者所处位置的白色粉笔印记，从这个方位来看，确实是任何人都没有办法从窗口把匕首扔进来，从正面插入死者胸口。

警方技术人员已经检查过那把锁，那是一把有防盗锁芯的挂锁，具有较强的防撬和防技术性开启性能。也就是说，想在没有钥匙的情况下撬开那把锁而又不留下任何痕迹，是非常困难的。

据熊二交代，昨天早上他开门给黄麒麟送早餐时，门锁完好无损，并没有被撬动过的痕迹。那么只剩下两种可能：一是凶手知道他放置钥匙的地点，晚上偷出钥匙开门，刺死黄麒麟后再锁上大门，将钥匙放回原位；第二种可能，就是凶手根本不是从大门进入，而是从窗户翻进屋。但宋铎认真看过那个窗户，窗口才一尺见方，中间还有钢筋护栏，而且整个窗户看上去并无人为破坏的迹象，所以第二种可能基本被排除。也就是说，第一种可能性最大。

宋铎走出石屋绕到房子背后，房子后墙上的小窗离地大约两米高。让他大感意外的是，窗户下面的墙脚边，竟然码放着三四块石头，像是有人故意设置好的一个垫脚石。石头底下还有新鲜泥印，可以推断是最近几天才被人从别处搬来叠放在这里的。从石头码放的位置来看，显然是有人想踩着石头攀上窗户向石屋内窥望。

宋铎蹲下身，把每一块石头都仔细检查了一遍，终于在一块生有苔藓的石头上隐约找到一枚脚印。他站起身给技术科打电话，技术科的人告诉他，这个脚印昨天在勘查现场时已经被痕检员发现并成功提取，并且针对这枚脚印的技术分析也已经出来了，他们正准备打电话向他报告呢。

技侦员说从脚印的情况来看，此人为男性，身高在 1.55 至 1.65 米之间，体形偏瘦，不会超过 48 公斤。从脚印大小再结合以上身高体重的情况来判断，此人很可能是一个年龄介于 15 至 18 周岁之间的未成年人。

“15 至 18 周岁？”宋铎愣了一下说，“那应该还是一个高中生啊。”技侦员说：“是的，我们也觉得此人很可能是一名在校学生，因为这是一枚回力鞋脚印。现在很多中学为防止学生滋生攀比心理，都会统一要求学生穿回力鞋上学，所以此人是在校中学生的可能性比较大。还有，脚印很新鲜，踩上去的时间不会超过三天。”

“是一个高中生？”苏晚晚听宋队转述了技侦员的电话内容，也颇感意外。她看看那几块石头，垒起来大约有四十多厘米高，加上一个1.60米左右的身高，刚好够得着离地两米的窗户高度。

难道说，黄麒麟之死跟这名高中生有关？或者可以说，杀死黄麒麟的凶手，就是一名高中生？

“此人是否就是凶手，现在无法确定，但至少身上有可疑之处。”宋铎说，“这个脚印踩上去的时间，距离案发时间没有超过三天，那时黄麒麟还被关在石屋里，此人趴在窗户上朝里窥望，本身就已经很可疑了。”

曹亮说：“会不会是哪家的熊孩子无意中听到石屋里传出可疑响动，在好奇心的驱使下，才垫着石头朝里探看呢？”

宋铎说：“正常情况下，一般人看到黄麒麟被捆绑关押在石屋里的惨状，肯定会选择报警，对不对？”

曹亮点头说：“那倒也是。”

“但此人事后并没有报警，这就十分可疑了。咱们一定得想办法找到他。”宋铎打电话回刑警大队，问熊二是否注意到有一个高中生模样的少年靠近过石屋。熊二说：“没有看见啊。”

宋铎又扩大范围，在石屋周围三百米范围内搜寻一遍，并没有发现新的线索。

在回去的路上，警车驶过树林外面那条碎石路时，正好碰见老杜带着一个年轻刑警从附近村庄里走出来。宋铎叫一声“老杜”，老杜跑过来说：“我看见距离出事树林不远的地方有个村子，所以一早就带人过来走访调查，看能不能找到案发时的目击证人。”

宋铎问：“有收获吗？”

老杜说：“你别说，还真有收获。”

宋铎朝他招招手，打开车门说：“上车再说。”

老杜二人跳上车，苏晚晚抢着问：“怎么样，老杜，是不是找到目击证人了？”

老杜说：“案发时的目击证人没有找到，倒是找到了另外一条线索。这村里有个姓乔的老头儿，喜欢到笔架山下的清水湖钓鱼。据他说，三天前的早上他在湖边钓鱼，先是看见有一辆白色面包车从碎石路上开过，然后有一个骑自行车的少年跟在后面。那少年还在岔路口停车问他前面的车往哪条岔道走了，他把面包车的行进路线指给那少年，少年马上又骑着自行车追上去了。”

“骑自行车的少年？”

宋铎与苏晚晚对望一眼，两人都从对方眼中看出疑惑之色：难道就是那个在石屋后窗垒石偷窥的高中生？宋铎忙问：“这个乔老头儿还记得那少年的样貌吗？”

老杜摇头说：“我问过，他说当时两人相距较远，他并没有看太真切。只记得对方身形偏瘦，戴黑框眼镜，理着平头，下身穿的是一条蓝色镶白条的运动裤。老人的孙女以前在实验中学读过书，他认得那是实验中学的校服裤子。”

“实验中学？”坐在驾驶位上开车的曹亮忍不住插了一句嘴，“难道黄麒麟是被自己同学杀死的？”

这一次苏晚晚倒是没有反对他的话，只是看着队长说：“宋队，看来咱们得再去一趟实验中学了。”

宋铎没有立即回答她的话，他看着车窗外不断变换的景色沉思片刻，才拍拍曹亮的肩膀说：“掉头，咱们不回市局了，直接去实验中学。”

这时警车已经开进城区，曹亮听到队长的命令，一打方向盘，警车在红绿灯处拐个大弯，朝实验中学方向开去。

来到学校后，宋铎在学校办公室碰见了常务副校长严文轩。上次警方到学校调查王多多在微信朋友圈转发疑似黄麒麟尸体照片的事时，曾跟这位严校长有过接触，双方算是熟识了。

宋铎跟严校长说了实验中学学生黄麒麟遭遇绑架后，于两天前被人用匕首刺死的事。

“什么，黄麒麟死了？”严校长吃惊得连手中茶杯都拿不住，茶杯掉落下来，“啪”的一声倒在办公桌上。

看到宋铎点头，他又问：“是被人用匕首杀死的?”

宋铎说：“是的，他被匕首刺穿心脏，当场死亡。”

严校长扶起桌上的茶杯，叹了一口气，忽然沉默下来。虽然黄麒麟在学校并不受欢迎，但他毕竟是实验中学的学生，出了这样的事，他这个当校长的心里自然不好受。

过了半晌，严校长才抬起头问：“凶手是那两个绑匪吗?”

宋铎摇头说：“不是，从目前警方掌握的线索来看，他们只是绑架了黄麒麟，但杀人凶手并不是他们。”

严校长似乎被弄糊涂了，一边比画着手势，一边问：“你的意思是说，他们绑架了黄麒麟，但黄麒麟现在死了却不关他们的事?”

曹亮抢着说：“这事说来话长，总之我们现在怀疑杀死黄麒麟的凶手，很可能是你们学校的一名男学生。”

“杀人凶手是我们学校的学生?”严校长看起来比听到黄麒麟的死讯更吃惊。

宋铎想了一下，还是把警方掌握到的实验中学一名戴黑框眼镜、理着平头的男生与本案有密切关系的线索，跟这位严校长说了。

严校长听完后点头说：“这么看来，这个案子还真跟我们学校的学生有关。你们想叫我们怎么配合调查，尽管说吧，让一个杀人犯混在学校里太可怕了。”

宋铎纠正他的话说：“现在我们只能确认他跟这个案子有密切关联，但并不是说他就是凶手，现在只是想把他找出来，请他协助警方调查。”

“好的，我明白，我明白。”严校长连连点头。

宋铎说：“现在我们能够确认的是，该名学生为男性，戴黑框眼镜，留着平头，身高在1.55至1.65米之间，体形偏瘦，其他情况，我们并不太了解。”

严校长有点为难地说：“我们学校初中部和高中部的学生加起来超过两千人，我也没法将这么多学生一一记住。要不我把学校保卫科科长叫来，让他带着学校几个保安跟你们一起，从初中一年级到高中三年级，一个教室一个教室去找吧。”

宋铎点头说：“咱们手里掌握的线索有限，也只有对照这个标准，一个班一个班地去排查了。”

严校长走到一边打个电话，不大一会儿，保卫科科长就带着四名保安赶了过来。他们这五个人，加上警方的人手，刚好是十个人。宋铎简单分配了一下人手，两人一组，共五组，每组由一名刑警带着一名保安，对学校各个班级分头展开调查。

学校初、高中部每个年级各有六个班，加在一起，总共有三十几个班，从头到尾排查完毕，已经快到下午放学时间。

经过对学校两千多名学生进行全面排查，最后查明全校戴黑框眼镜的男生共有42名，排除身形肥胖或个头儿、发型明显不符的，最后留下了17名同学。

警方让这些同学放学后暂时留在学校，并通知技术科的人过来提取这17名学生的脚印，与那枚在石屋后窗下发现的脚印进行比对。最后发现，有一名男生的脚印与警方从案发现场提取的物证脚印完全相同。出乎警方意料的是，该名学生竟然是曾目睹黄麒麟被两个墨镜男掳走的、黄麒麟的同班同学狄小飞。狄小飞立即被警方带走进行进一步侦讯。

在警方问讯室，狄小飞显得略有些紧张，面对警方的提问，他回答说他确实到过笔架山下树林里的那间石屋。

他告诉警方，上个星期天早上，他在金湾菜市场门口一家早餐店无意中认出那个矮个子绑匪，于是就骑着自行车一路跟踪。在笔架山下的岔路口，确实曾停车向一名垂钓老者问路。跟踪绑匪来到树林石屋后，他垫着石头趴到石屋后墙窗户上偷看，确实看到黄麒麟被绑在石屋里。

“然后呢？”宋铎盯着他问，“你还做了什么？”

狄小飞说：“然后我就走了啊，难道你还指望我一个人从那两个绑匪手里把黄麒麟救出来啊？”

苏晚晚说：“按照常理，你虽然没有能力当场救出你同学，但是至少事后你可以打电话报警吧。当时警察正在四处查找绑匪的线索和黄麒麟的下落，这个你又不是不知道。”

狄小飞看她一眼，说：“当时我确实想过报警，但是后来听到两个绑匪的一番对话，我又放弃了。因为我听绑匪说他们并不会伤害黄麒麟，只是把他抓起来关几天，时间一到就会放他回家。当时我想，既然他在这里没有生命危险，那也不用急着报警叫警察来救他，让他在绑匪手里多待几天，吃点苦头再回学校，说不定他以后会老实一点。当然，黄麒麟在学校也没少欺侮我，我是巴不得他被那两个绑匪多揍几顿，只要不把他打死就行。”

宋铎问：“你的意思是说，当时你只是在窗户里偷看一下，然后就转身离开了，并没有走进石屋，对吧？”

“嗯……”狄小飞点点头，见警察正用怀疑的目光看着他，急忙又补充了一句，“我怕被绑匪发现，如果他们把我抓去跟黄麒麟关在一起，那可就完了，所以我赶紧溜了。”

宋铎从他游移不定的目光里看出他是在撒谎，就沉下脸说：“据我们警方调查，你说的不是真话。”

狄小飞脸色一红，急忙改口说：“好吧，我跟你们说真话。其实我进屋了，当时我偷看到绑匪把钥匙藏在门口一块石头下面，等他们离开后，我就摸出钥匙打开门，进去把黄麒麟暴揍了一顿，还在他身上撒了一泡尿，反正他眼睛被黑布蒙着啥也看不见，这样的便宜不占白不占，哈哈！”说到最后，他自己忍不住乐了。

“你打完他就离开了吗？”

“嗯，我怕绑匪随时会回来，也不敢在石屋久留，就很快锁门出来，把钥匙按原样放回石头下。”

“在此之后，你有没有再去过那间石屋？”

狄小飞摇头说：“没有，再也没有去过。”

“那好吧，”宋铎换了个问题，问他，“这个月16号，也就是这个星期一，晚上7点至9点，你在什么地方？”

狄小飞抠抠眉毛想了一下，说：“周一晚上7点至9点，我应该在家里吧，总之不是在家做作业，就是在家里看电视。”

“有谁可以证明吗？”

“好像没有，那天晚上我外婆身体不舒服，我爸妈都去外婆家了，家里只有我一个人，好像也没有谁中途来找过我，所以没有人能证明那个时间段我确实待在家里。对了，警官，”狄小飞抬起头，不解地望着宋铎，问，“你们为什么一定要问周一晚上？你们问问其他时间，或许我可以找到证明人的。”

宋铎盯着狄小飞看了许久，才说：“因为黄麒麟就是在周一晚上7点至9点之间，被人用一把匕首杀死在石屋里的。”

“什么，黄麒麟死了？”狄小飞大吃一惊，从座椅上跳了起来。

“是的，他被人用匕首刺穿心脏，当场死亡。”

狄小飞忽然明白过来，大声说：“原来你们怀疑是我杀了黄麒麟，刚才是在问我不在场的证明吧？”

“如果你要这么理解，也可以。因为据我们调查，知道黄麒麟被关押在那里且同时知道石屋大门钥匙位置的人，除了那两个绑匪，就只有你了。”苏晚晚凑到他跟前，盯着他道，“除非你没有把你在石屋偷看到的情况告诉警察，却告诉了别人。”

“告诉别人？”狄小飞愣了一下，连连摆手说，“没有呀，我连我爸妈都没有告诉。”

“那就对了。”宋铎说，“我们在石屋后面找到了你的脚印，且有目击证人看见你骑自行车跟踪绑匪，你也是我们目前调查到的，除了两个绑匪外，唯一一个到过案发现场的人。现在黄麒麟死了，我们已经基本排除两个绑匪杀人的可能，那么剩下的……”

“那么剩下的唯一可能，就是我是杀人凶手，对吧？”狄小飞看看他，又看看苏晚晚，脸上的表情不断变换着，忽然低下头去说，“那好吧，既然这样，那我就承认黄麒麟是我杀的吧。”

“什么叫‘就承认’？”宋铎瞪他一眼说，“是就是，不是就不是！”

“是，是，是我杀了他，我就是杀死黄麒麟的凶手！”狄小飞咬着牙，好像每一个字都是从他牙缝里迸出来的一样，“黄麒麟这个王八蛋，在学校里可没少欺侮我，在他被绑架的那天，为了抢我的东西，还把我的眼角打出血了。那天在笔架山下的石屋里揍了他一顿，回到家后我心里越想越害怕，以后他回到学校，要是知道是我打了他，肯定不会放过我的。与其等着日后他来报复我，还不如让他永远没有机会再回到学校。于是我一不做二不休，在星期一的晚上，拿着一把匕首再次来到那间树林石屋，一刀将他捅死……”

听到这里，宋铎和苏晚晚都在心里暗暗松了一口气。几经周折，这个案子总算有了一个结果。果然是 no zuo no die，黄麒麟平时在学校欺侮同学，横行霸道，最终还是死在了自己同学手里！

第十五章　欲擒故纵

宋铎走出问讯室时，天已经完全黑下来，走廊里的灯次第亮起，他刚甩动两下有点酸痛的手臂，准备做几个伸展动作，就看见曹亮领着一对中年男女朝自己走来。

“宋队，”曹亮叫他一声，指着身后两人说，“他们是狄小飞的父母狄鹏和林虹虹，是过来询问狄小飞的情况的。”又转过头对身后两人说：“这位是我们刑警大队大队长宋铎，你们有什么问题，可以对他说。”

狄小飞的妈妈林虹虹立即上前说：“宋警官，我们想问一下，我儿子他怎么样了？傍晚的时候，听学校老师说他被警察带走了。我们一下班就赶过来了，我们家小飞是个老实孩子，从来不做坏事，你们警方是不是对他有什么误会？”

宋铎回头望望，自己所处的位置距离问讯室不远，估计站在走廊讲话狄小飞在问讯室可能听到。他伸手朝二人做了一个请的手势，说："你们不要着急，到我办公室谈吧。"

来到办公室后，宋铎把黄麒麟命案详情及警方根据种种线索追查到狄小飞身上的经过，都对这对夫妻说了。

"你们肯定搞错了，宋警官，"狄小飞的父亲狄鹏戴着一副金边近视眼镜，看上去文质彬彬的，说话也不急不缓，"我们家小飞平时正义感比较强，我们相信他不会跟黄麒麟命案有关联。"

"可是他已经亲口向警方承认，是他杀死了黄麒麟。"宋铎盯着他俩说。

"什么?"狄鹏夫妻大吃一惊，"这、这不可能啊!"

"为什么不可能?"

狄鹏说："你刚才说，黄麒麟被害时间是这个星期一晚上7点至9点，对吧?"

"是的，确实是在这个时间段。"宋铎点头说，"你儿子说周一晚上你们去了他外婆家，家里没有其他人，所以他才有机会外出杀人。"

狄鹏说："从我们家到笔架山下，怎么着也得四五十分钟吧?"

宋铎说："我们计算过，最快也要四十分钟左右。往返一趟，再加上作案时间，至少需要一个半小时。"

“这不对啊，”狄鹏皱眉说，“那天晚上，我们接到我岳母说她身体不舒服的电话从家里出门时，大约是晚上6点半，送她去医院看完病回到家，应该是9点钟。小飞独自在家的时间，大约有两个半小时。”

“这就对了，他完全可以拿出一个半小时出去杀人啊。”

“但是现在最关键的是，这中间大约在晚上7点半的时候，我岳母因为想念小飞，曾在医院用我的手机跟小飞视频通话，通话时长大约半个小时，当时我们都从视频里看到小飞确实是在家里啊。”

狄鹏拿出手机，打开微信通话记录，确实可以看到星期一晚上他曾与一个微信名叫“小飞”、头像为狄小飞大头照的好友视频聊天。开始时间是周一晚上7点27分，聊天时长33分钟，正好于晚上8点结束。也就是说，狄小飞在视频通话前和通话后，独自在家的时间都只有大约一个小时。很显然，如果他视频通话时真的在家里，那么无论是在通话前，还是在跟他外婆通话后，都没有时间出去作案。

宋铎看了狄鹏的微信聊天记录之后，皱起眉头许久没有说话。他心里在考虑狄鹏夫妻的话到底有几分可信。从微信记录里只能看到当时通话的时间和对方的微信头像，并不能证明对方的微信号确实是狄小飞的，更不能证明当时视频聊天的确实是狄小飞本人及聊天地点确实是在他们家里。会不会是狄鹏夫妇为了让儿子摆脱警方的怀疑，在捏造证据呢？他一时难以判断。

林虹虹见宋铎不相信丈夫的话，有点着急，上前拉住他的衣袖说："警察同志，请你相信我们，我们家小飞绝不可能是杀人凶手，他根本就没有作案时间。"

宋铎向她做个手势，示意她不要太激动，坐下说话。看到林虹虹在沙发上坐下之后，他才说："你们说的这些，当然是证据。不过目前来看，还不算是强有力的证据。我们警方还需要再做深入调查，才能确定是否采信你们提供的这些证据。"

"对了，如果有监控视频，算不算强有力的证据？"狄鹏忽然问。

宋铎说："如果有相关视频，那当然是再好不过了。"

狄鹏说："我们小区门口就有监控摄像头啊，小区里的人进出小区肯定会被记录下来，你们去调查一下就知道了。"

宋铎点头说："也对，其实我们也有这个想法，只不过刚把狄小飞带回来，还没来得及去查看小区视频。"他看看手表后说，"那走吧，现在时间还不算太晚，咱们去你们小区看看。"

宋铎带上苏晚晚和曹亮，跟着狄鹏夫妇来到他们居住的小区，来到保安室调看了这个星期一晚上小区大门口的监控视频。视频显示，当日傍晚5点42分，狄小飞背着书包放学回家，晚上6点

37 分，他父母二人开车离开小区，直到晚上 9 点零 4 分才回来。而中间这段时间，狄小飞并没有离开过小区，直到第二天早上上学时，他才背着书包从小区门口经过。

苏晚晚问："小区有后门吗？"

保安说："有一个后门，但平时都是锁上的，很少打开。"

宋铎在小区里转了一圈，看见小区四面围墙上都安装了监控探头，如果夜里有人翻墙进出，很难不被拍到。他又到保安室查看了四面围墙上的监控视频，并没有看到有人翻墙进出。也就是说，周一晚上狄小飞根本就没有离开过小区，他到笔架山下石屋杀人的事，自然不可能成立。

宋铎回到刑警大队，已经是夜里十点多，他对狄小飞再次展开讯问。狄小飞仍然一口咬定是自己杀死了黄麒麟，再问其作案细节，他却支支吾吾地说："杀人时头脑里一片空白，一直到跑出那片树林才慢慢恢复记忆，所以现在问我是怎样杀人的，我已经完全不记得了。"

苏晚晚看出他明显是在撒谎，不由得有些恼火，一拍桌子说："到了现在，你还敢胡说？我们已经调查过，周一晚上 7 点半左右，你外婆曾跟你视频通话，时长约半个小时，当时你就在家里，根本就没有作案时间。还有，我们看过你家小区门口的监控视频，周一晚上你根本就没有走出过小区，你还有什么话说？"

“我、我……”狄小飞没有想到他们这么快就调查清楚了，愣了半天，说不出一句话来。

宋铎阴沉着脸，盯着他道：“你最好想清楚后再回答我们，因为你父母就在外面等着接你回家，相信你也不想让他们有一个杀人犯儿子吧？虽然你未满18周岁，但已经超过16周岁，也是要负刑责的。”

当听到自己的父母就在外面时，狄小飞顿时脸色通红，在座椅上扭动几下身子，低下头小声说：“可能是我记错了……那天晚上我做了个梦，梦见自己把黄麒麟给杀了，可能我被警察抓住后有点紧张，把梦境与现实搞混淆了，对不起……”

狄小飞忽然站起来，对着宋铎深深鞠了一躬。

见他这么快就认错了，而且态度良好，宋铎有火也发不出来，叹口气说：“你父母就在外面，你先跟他们回去，不过最近几天不要离开平京市，我们随时可能会找你了解情况。”

狄小飞点头说声“好”，跑到门口，看见父母站在走廊里，眼眶不禁红了，叫声“爸妈”，垂着头跟在他们后面回家去了。

“宋队，你就让这小子这么走了？”曹亮有点不服气地说，“这小子在咱们面前撒了个弥天大谎，误导警方调查，太可恨了。”

宋铎说：“现在已经查明他没有作案可能，还能怎么样？把他关在这里几天啊？人家还是个学生呢。”

苏晚晚看了队长一眼，问："宋队，你觉得这小子说的是真话吗？把梦境当现实那个？"

"鬼才相信，从头到尾他都在撒谎，"宋铎踱到门口，看着狄小飞已经跟随父母远去的背影说，"一开始他承认自己是杀人凶手时，言语清晰，态度坚决，根本看不出是把做梦的事拿来跟警察说啊。"

曹亮感到万分不解，挠挠头说："那他为什么要对警察撒谎呢？还在警察面前承认自己杀人，这可不是闹着玩的。"

宋铎没有回答他，只是望了一眼苏晚晚，问："小苏，你怎么看？"

苏晚晚想了一下说："我觉得吧，从咱们现已掌握的线索来看，狄小飞显然不可能是杀死黄麒麟的凶手。但是我觉得他应该知道谁是杀人凶手，他在咱们面前承认自己是杀人凶手，很可能是在替真正的凶手掩饰，或者干脆说是在替别人顶罪。"

宋铎赞许地看她一眼，点头说："是的，我也是这么觉得。"

曹亮听到这里，仍然是一头雾水，他看看队长，又看看苏晚晚，问道："那么凶手到底是谁？狄小飞为什么要替人家顶罪？故意杀人，这可是死罪啊！"

宋铎说："应该有两个原因：一是狄小飞知道凶手是谁，且跟凶手关系非同一般，他宁愿自己成为杀人凶手，也要保全对方；

第二，他知道自己尚未年满18周岁，就算最后他被认定是凶手，被判死刑的可能性也很小。”

曹亮有点着急，追问道：“那他到底是在替谁顶罪呢？”

宋铎摇摇头，说：“这个只有他自己才知道。”

曹亮说：“既然这样，刚才咱们就更不应该把他放走了，如果把他关起来继续审讯，我就不信这小子不会招供。”

苏晚晚说：“这些都只是我跟宋队的推测，咱们手里并无实证，就算把他关起来审讯，拿不出有力证据，他也不会承认的。倒不如……”

“倒不如什么？”曹亮说，“你们怎么说话总是说半截，真是急死人了。”

苏晚晚看看队长，宋铎朝她笑笑。她说：“宋队的意思是，倒不如假装相信他的话，先放他走，让他放松警惕。然后咱们再派警力暗中监视他，看看他后面会有什么行动，说不定就能找到他想要为其顶罪的那个人。”

“哦，原来宋队用的是欲擒故纵的招数。”曹亮一副恍然大悟的样子说，“那行，从明天开始，我带人二十四小时跟着这小子，看看他到底在耍什么花招。”

第十六章　嫌犯现身

第二天早上，宋铎刚到单位，值班的刑警刘斌忽然叫住他说："宋队，今天凌晨值班室接到一个神秘电话，电话内容跟咱们正在调查的黄麒麟命案有很大的关系。我已经将电话录音，你过来听听。"宋铎有些诧异地走进值班室。

刘斌在电话机上按一下录音播放键，电话里首先传出的是刘斌的声音："喂，您好，这里是刑警大队值班室。"

对方沉默片刻才说："你们最近是不是在调查一个叫黄麒麟的高中生被人杀死的案子？我有一条线索想提供给你们。咳咳。"从声音上判断，对方是一名男性，但他故意用自己的假嗓门说话，说到最后可能连自己都感觉嗓子有些不舒服，连着咳嗽了几声。

“是的，目前我们确实是在调查黄麒麟的命案，您有什么线索，请讲!”这是刘斌的声音。

对方仍旧用那种尖锐而怪异的腔调说：“那个叫狄小飞的学生，曾把他在石屋探听到的情形告诉过他的班主任袁玥，所以他并不是除了绑匪之外的唯一知情人。”

“好的，您说的这个情况，我们会去调查核实。”这时传来了刘斌拿着钢笔，在纸上做来电记录的“沙沙”声，同时他说，“多谢您给我们提供线索，请留下您的联系电话或地址，我们可能需要进一步和您……”话未说完，电话里传来“嘟嘟嘟”的声音，显然对方已经挂断了电话。

宋铎示意刘斌关上值班室的门，把嘈杂的声音挡在外面，坐下后把电话录音重新听了一遍，除了对方语言上所表达的意思，并没有听出其他信息。

刘斌说：“我已经根据来电号码查询过，对方使用的是公共电话，我已通知附近的巡警去看过，电话的位置比较偏僻，周围没有监控探头。加上时间是凌晨5点，路上也没有什么行人，所以咱们要查到打电话的人的身份，估计有点困难。”

“对方就是要让咱们查不到他的真实身份，要不然他就不会这么大费周章地找偏僻无人的公共电话亭，用假嗓门在凌晨给咱们打电话了。”宋铎拍拍他的肩膀说，“先不要急着去查打电话人的身份了，还是赶紧查查他在电话中提供的线索是否真实有效。如果是真的，咱们的侦查方向就得重新调整了。”

宋铎召集苏晚晚、曹亮、老杜和刘斌等专案组的人开了个短会，向大家通报了案情的最新进展，重点说了今天凌晨值班室接到的这个神秘电话。

苏晚晚说：“如果电话中提供的线索是真的，狄小飞一心要替凶手顶罪的离奇举动，就基本解释得通了。”

宋铎明白她的意思，说：“但是就目前来说，咱们不能根据一个来历不明的电话，就做出这么重要的判断，至少咱们得去找狄小飞核实一下这个情况。”他看看时间，“已经是上午9点，狄小飞应该在学校上课，咱们再去找找他。”

宋铎带着苏晚晚和曹亮赶到实验中学，为了不惊动学校师生，他们没有穿警服，而是身着便装。来到学校办公室，请常务副校长严文轩上楼把狄小飞叫下来。

不知是有了昨天的经历，还是因为今天三位警官没有穿警服，狄小飞见到三人时，已经没有昨天那么紧张。

宋铎让他坐下后，自己也搬来一把椅子坐在他面前说：“狄同学，你曾把跟踪绑匪、知道黄麒麟被关押位置和石屋大门钥匙收藏地点的事告诉过你们袁老师，对吧？”

狄小飞好像触电一样，猛地从椅子上站起来，问：“你怎么知道的?”

宋铎淡淡地说:“我们警察不是吃闲饭的,纵有天大的秘密,只要我们想查,就肯定能查出来。”

狄小飞只得又坐下去,极不情愿地点头说:“是的,我是在星期天发现黄麒麟被关在那间石屋的。第二天早上上学的时候,就跟袁老师说了。当时袁老师要报警,被我拦住了。”

“除了袁老师,你还告诉过别人吗?”

“没有,我可以对天发誓,绝对没有。”

“你昨天在警方面前承认自己是杀人凶手,并不是因为分不清梦境与现实,而是想替你们袁老师顶罪,对吧?”宋铎没有给他思考的时间,马上直截了当地问出下一个问题。

“我、我没有……”狄小飞猛地站起来,脸色憋得通红,想说什么却又说不出来,最后只得悻悻地坐下。

宋铎见他反应如此强烈,就知道刚才的话已说中他的心事,于是更加确定自己的想法是对的。

他盯着狄小飞说:“其实当你得知黄麒麟的死讯,听到警方说已经排除两个绑匪杀人的可能时,你就已经知道,黄麒麟的命案肯定跟袁老师有关系。因为黄麒麟被关押的地点和石屋钥匙的收藏地点,你只告诉过袁老师。由于杀人凶手不是你,那么袁老师就很可疑了。因为你不想让自己尊敬的袁老师变成杀人凶手,甚至你知道自己没有年满18周岁，就算杀人，也不会被判死刑，所以你最终选择了替袁老师顶罪，承认自己是杀人凶手。”

狄小飞低垂着头，把手掌放在膝盖上摩擦着，好像要在蓝色校服裤子上擦出火花来一样。沉默半晌，他忽然抬起头问：“那袁老师真的是杀人凶手吗？”

他这么一问，无异于承认宋铎刚才的推理是正确的。宋铎也暗暗松一口气，不答反问：“绑匪藏匿钥匙的地方，你真的只告诉过袁老师吗？”

狄小飞点头说：“是的，除了她，我再也没有跟别人说起过，包括我爸妈。”

宋铎说：“这样的话，你们这位袁老师就非常值得怀疑了。不过，到底是不是她杀了黄麒麟，还得等调查完再说。”

狄小飞咬咬嘴唇，默默地低下头，好像有点后悔在警察面前“供”出袁老师。

宋铎问：“你们袁老师现在在教室上课吗？”

狄小飞摇头说：“没有，这节课我们上的是英语。”

旁边的严校长说：“袁老师就在隔壁的教师办公室，要不要我去叫她？”

宋铎让狄小飞离开之后，才点头对严文轩说：“好的。”

很快，严校长就一脸严肃地把袁老师领进了学校办公室。袁老师进门看见宋铎等人，不禁有些错愕。

严校长拖长腔调说："小袁啊，警方的宋队长有些话要问你，你可一定要老老实实地回答，不得有半句……"宋铎眉头微皱，说："严校长，因为可能会涉及个人隐私，我们希望可以对袁老师进行单独讯问。"

严校长略显尴尬地点点头，说："好的好的。"他转身走出去，顺手将房门带上了。

办公室里忽然安静下来，袁老师望望苏晚晚和曹亮，又望望宋铎，脸上现出不安的表情，问："是不是黄麒麟的案子有消息了？"

宋铎点头说："是的，我们已经有了重点怀疑对象，这个人很可能就是杀死黄麒麟的凶手。"

袁老师一怔，问："是谁？"

宋铎并没有直接回答她的问题，他背着双手在办公室踱了几步，说："根据我们的调查，黄麒麟被杀时间是在这个星期的星期一晚上7点至9点，关押黄麒麟石屋的门锁完好无损，所以凶手应该是拿到绑匪藏匿在石屋门前石块下的钥匙，自己开门进去的。"

"哦……"袁老师点点头，并没有多说话，一副静待下文的表情。

宋铎说："知道钥匙藏匿地点的人，目前我们调查到的共有四人，首先当然是两个绑匪，但警方已经排除了他们杀人的可能；其次是你们班上的学生狄小飞，但他也有案发时不在场的证明，除此之外，就只有你了。因为狄小飞告诉我们说，他曾把黄麒麟的关押地点和钥匙的藏匿之处透露给你，而且再也没有告诉过别人。”

“也就是说，最后一种可能，就是我杀了黄麒麟，对吧？”袁老师抬起头看着他，脸色苍白，但表情坚毅。

“我们警方只是根据既有线索做出合理推断，如果你一定要这么认为，那也可以。”宋铎脸上的表情渐渐严肃起来，盯着她问，“袁老师，我们现在想知道5月16日，也就是这个星期一晚上7点至9点，你在什么地方？”

“我在家里。”袁老师说。

宋铎问：“为什么这么肯定？”

袁玥说：“很简单，近段时间，我们班有四个女生每天晚上都会到我家里让我给她们补课，补习时间恰好就是从晚上7点至9点，总共两个小时。如果没有特殊情况，吃完晚饭我都会在家里等她们。我记得至少近两个星期以来，那四个女生没有一天停止过补习。”

宋铎一怔，他没想到她竟然回答得如此干脆利落，想了想又问：“能告诉我们那四个女生的名字吗？”

袁玥说："当然可以。"她说了那四个女生的名字后又说，"她们现在还在三楼教室上课，如果你们要找她们核实情况，最好等下课以后，请尽量不要耽误她们的学习时间。"宋铎点头说："好的，我们会等到下课时间再去找她们。"

袁玥朝门口指了一下说："我可以回办公室了吗？下一节是我的课，我还有几份学生作业没有批改完。放心，我不会离开平京市的，有什么情况，你们可以随时找我。"宋铎点点头，示意她可以离开了。

十多分钟后，下课铃声响起，苏晚晚跑上三楼，找到高二（5）班教室，把袁玥提到的那四名女生叫到办公室。

几个女生一听警察有事要找她们，都觉得有些好奇。宋铎首先向她们介绍了自己的身份，然后才问："听说这段时间，你们每天晚上都到袁老师家里补课，对吧？"

四个女孩相互看看，一个扎马尾辫的女孩看起来大胆一点，她点头说："是啊，我们每天晚上都去，已经坚持了一个多月了。"

宋铎像聊天似的问她们："那你们每天晚上在袁老师那里补习多长时间呢？"

马尾辫女孩说："两个小时左右吧，从晚上 7 点至 9 点，太晚的话路上没有公交车，袁老师怕我们回去不方便。"

宋铎点头说："那袁老师对你们还不错啊。"

马尾辫女孩说：“当然了，她一直都很关心我们。”

宋铎问：“这个星期一晚上，你们也在袁老师家里补课吗？”

马尾辫女孩说：“是啊。”她看看另外三个女孩，然后又说，“我们几个都住在一块儿，平时我们都是一起搭公交车去袁老师家。星期一那天，我记得刚好我老爸在家，是他开车送我们几个过去的，所以比平时还早到了几分钟，估计不到7点就到袁老师家了。”

“你们到袁老师家时，她在家吗？”提问的是苏晚晚。

女孩说：“在啊，是她给我们开门的，我们进去后就开始补习，一直到晚上9点才离开，当时也是我爸在楼下接我们的。我爸难得有时间接送我一次，所以我记得很清楚。”

宋铎抱着手肘想了一下，又问：“当天晚上7点至9点，袁老师一直都在家里给你们补习功课吗？”

马尾辫女孩点点头，但很快又摇了一下头，说：“袁老师一直都在家里，但没有一直给我们补习功课。”

宋铎扬一下眉头，不解地问：“这是为什么？”

旁边另一个短发女生接着说：“那天晚上我们到袁老师家后，就拿出几道不懂的习题请袁老师给我们讲解，不巧那天袁老师正好感冒了，身体不舒服，刚给我们讲解完两道题目，就一直咳嗽不止。我们都让她赶紧去休息，后来她就去卧室里睡觉了，一直睡到晚上9点，我们敲门告诉她我们要走的时候，她才起床。”

“你们敲门?”宋铎抓住了“敲门”这两个字眼儿，问，“也就是说，当时卧室的门一直是关着的，对吧?那你们确定她是真的回了卧室，一直待在那里睡觉吗?”

四个女孩一齐点头，短发女生说：“当然可以确定，我们是看着她进入卧室的，而且房间里还不断地传出她的咳嗽声。”

苏晚晚想到了一个问题，问道：“那袁老师有没有可能趁你们学习的时候，偷偷从卧室走出来，然后溜出大门?”马尾辫女孩说：“这个应该不可能，当时我们就在客厅里做作业，如果她经过客厅走出大门，一定会被我们看见的，对吧?”她最后一个问题，是问三个同伴的，其他三位女生一齐点头说：“是的。”

宋铎问：“请你们再好好回忆一下，除了这些，当大晚上在袁老师家里还发生过什么异常情况吗?”

四个女孩想了一下，都摇头说：“没有啊。”

宋铎回头看看苏晚晚和曹亮，三人脸上都现出失望的表情。如果四个女孩所言属实，那么黄麒麟被杀时，袁玥一直都待在家里，她根本就没有作案时间。

正好这时上课铃声响起，苏晚晚只好对四个女生说：“你们先回去上课吧。”就在她们即将走出门口时，短发女生忽然回头说：“对了，停电算不算异常情况?”

“停电？”宋铎略感意外，点头说，“也算，你说说看。”

于是那个短发女孩又转过身说：“那天晚上，袁老师刚进房间休息，屋里就停电了，到处漆黑一团，什么都看不见，不过很快又来电了。后来我们准备回家的时候，又停了一次电，也是很快就恢复通电了。”

宋铎问：“是整栋楼都停电，还是只有袁老师家停电？”

短发女孩眉头微皱，想了一下说：“应该只有袁老师家停电吧，因为我当时隐约听到楼上邻居家的电视机还在唱歌，估计是袁老师家跳闸了，以前好像也有过一次这样的情况。袁老师给我们讲习题的时候，电灯闪了闪，突然黑了，然后马上又来电了。”

“这两次停电，都是很快就恢复通电了吗？大约停了多长时间？”宋铎问。

短发女孩说：“最多也就一分钟左右的时间吧。”

宋铎说：“那你们还记得具体的停电时间吗？”

几个女孩相互望了一眼，一齐摇头，短发女孩说：“太具体的时间已经不记得了，当时我们也没有看表，只记得第一次停电是在袁老师刚进入卧室的时候，第二次停电是在我们离开前十多分钟吧。因为停电时间很短，好像对我们也没有什么影响。如果一定要说个大概时间的话，第一次停电应该是七点十几分的样子。那时我们刚到袁老师家听她给我们讲解完两道题目，时间不会超过十分钟，然后她进入卧室，也就几分钟后，灯就黑了。第二次停电的话，估计是在 8 点 45 分至 8 点 55 分之间，因为来电没多久，我做完最后一道题目就晚上 9 点钟了。”其他几个女孩没有说话，但也点头表示同意短发女孩的说法。

短发女孩说完后，见警方没有其他问题要问了，就赶紧跟另外三个同学一起跑上楼上课去了。

四个女孩离开后，宋铎把屁股靠在一张办公桌边，双眉紧皱，脸色越来越凝重。

苏晚晚和曹亮知道，他心里肯定有了想法，却又不敢出言相询。过了好久，宋铎才眉头一扬，说：“第一次停电是晚上七点十几分，第二次停电是晚上 8 点 50 分前后，这中间大约有一个半小时时间。我在想，会不会是袁老师趁第一次停电的时候偷偷溜出去，跑到笔架山下树林石屋杀人之后，再趁第二次停电时潜回卧室。女孩们说停电后屋里一团漆黑，什么也看不见，如果她真的趁黑从卧室走出来，估计也没有人能察觉到。”

苏晚晚点头说：“从理论上说，是有这个可能。但是，女孩们不是一直听到袁老师在卧室里咳嗽吗?”

宋铎说：“这个很简单，用录音机或手机事先将自己的咳嗽声录下来，然后一直在屋里循环播放就行了。”

曹亮也提出了自己的疑问，说：“那她又是怎样控制停电时间的呢？难道电线总闸就在她卧室里，她躺在床上就能关闭电源开关？还有，从她家到笔架山下究竟需要多长时间？一个半小时，路途往返加上作案时间，是不是足够呢？”

宋铎点头说：“你提的这些问题，只有去这位袁老师的住处实地考察一番，才能有答案。”

宋铎打开办公室的门，却看见严校长搬了一把凳子，正坐在门边的走廊里。严文轩见他冲自己直皱眉头，怕他误会自己在偷听，赶紧解释说：“我是怕有人闯进来打扰你们办案，所以一直在门口守着。”

宋铎问他：“袁老师现在有课吧？”见他点头，又说，“我们想让她带我们去她家里看看，不知道你能不能找个老师给她代一节课？”

严校长立即起身说：“行，没问题，我马上安排。”

他“噔噔噔”跑上楼，几分钟后，袁玥就一边拍着手上的粉笔灰，一边走下楼来。

苏晚晚迎住她说：“袁老师，不好意思，打扰你上课了。你住在什么地方？我们想去你家里看看。”

“不用这么客气，直接说想搜查我家就行了，我也不会找你们要搜查令。”袁玥看着他们三个人，冷冷地说，“我在育才路租了一套房子住，离学校不太远。既然你们想去看看，那我就带你们去吧。”

她从学校停车场推出自己的摩托车，缓缓驶出学校，曹亮开着警车，载着宋铎和苏晚晚跟在后面。

第十七章　白墙暗影

十多分钟后，袁玥的摩托车拐上育才路，前行不远，在一幢楼房前停下了。宋铎等人也下了车，袁玥往自己的住处一指说："我住 203 房间，就是二楼靠近楼梯右边的那一间。"

宋铎抬头一看，这是一幢四层高的旧楼，抹在外墙上的石灰已经有些斑驳，靠近街道的这一边是一条长长的走廊，走廊那一边，从最中间的楼梯开始，左右各有两间房子，但都关着门，走廊里看不到人影。

袁玥领着他们上到二楼，打开家门，并站在门边朝他们做了一个"请入内"的手势。宋铎三人走进屋，因为是低层住户，屋里光线不太好。袁玥很快摁亮电灯，宋铎这才看清走进大门就是客厅，屋内摆设虽然不多，但收拾得十分整洁，客厅的一边是卧室，卧室的门关着，另一边是书房和厨房、卫生间。两室一厅，加起来大约六七十平方米，房子不大，但一进来就给人一种很舒服的感觉。

苏晚晚推了一下卧室的门，是上了锁的。她问："我们可以进卧室看看吗?"

袁玥苦笑一声，说："我不同意也阻止不了你们进去的脚步啊。"她掏出钥匙，打开卧室的门。

宋铎自然听出了她话语中的嘲讽之意，却未加理会，推门走进卧室，屋里飘着淡淡的香水味儿，靠墙摆着一张大床，梳妆台上放着一些化妆品，台灯下放着一本翻开的书。宋铎上前看了一下，居然是一本悬疑推理小说。床对面是一扇窗户，窗户上安装有防盗网，窗户外面就是走廊。

他重点检查了一下屋里的电线，不但没有在卧室里看见电闸，而且连裸露在外的电线也看不到，全都在装修房子的时候埋进了墙壁里，墙壁上贴着带花纹的墙纸，看上去很温馨。从现在的情况来看，袁玥想在卧室里控制自如地关闭和开启电源，显然很难做到。

宋铎又到其他房间转了一下，最后看见室内电源总开关设在客厅大门后边大约2.5米高的位置，一般情况下必须得踩在凳子上才能够到电源开关。如果四个女孩在客厅里做作业，袁玥想从卧室走出来踩着凳子关掉电源而不被女孩们发现，那肯定是不可能的。也就是说，警方先前推断的，袁玥在卧室先关闭电源，溜出门再打开电源，然后赶到笔架山下杀人，回来后再关闭电源趁黑进屋，显然是不成立的。宋铎从两个助手眼里看出了一丝失望的表情。

三个人生怕遗漏了什么，又回过头把屋里重新检查了一遍，并没有发现任何异常。宋铎有点抱歉地朝袁玥说声“打扰了”，从屋里走出来。就在他即将转身下楼时，忽然发现袁玥家面向走廊的这一面墙壁，跟邻居家灰蒙蒙的旧墙颜色完全不同，袁玥屋子的外墙白白的一片，一看就知道刚刚才重新粉刷不久。宋铎用手在墙上蹭一下，立即沾了一手的白灰。

他不由得停下脚步，问：“这墙壁应该是新粉刷的吧?”

袁玥伸手撩了一下散落到额角的头发，说：“是啊，前天才请人粉刷过的。”

“前天?”曹亮忽然说，“那不正好是黄麒麟被杀的第二天吗?”

袁玥表情淡然地点头说：“是啊，确实有点巧合。”

宋铎问：“为什么突然想到要粉刷墙壁，而且单单只粉刷这一面墙壁?”

袁玥说：“也不能说是突然想粉刷墙壁吧，这面墙壁很脏，看着不舒服，我早就想粉刷一下了。正好那天请到一名工人，所以就把这个工作完成了。屋里因为我已经贴好墙纸，就没必要再重新粉刷了。”

宋铎“哦”了一声，又问：“能告诉我，你是请什么人来给你粉刷墙壁的吗？”

袁玥摇头说：“我也不认识啊，就是在街边遇到的那些举着牌子找活儿干的农民工，忙活了一天，给了他五百元。”

“原来是这样！”宋铎虽然点头，但脸上仍然带着将信将疑的表情。他的目光，就像两把刷子一样，又从上到下把那面雪白的墙壁“刷”了一遍，就好像要从上面刷下什么线索来一样。但是，最后并没有在墙壁上发现什么可疑之处，他只得朝袁玥点一下头，转身下楼而去。

回刑警大队的路上，苏晚晚见队长一直浓眉紧皱，沉默不语，忍不住问：“宋队，你有什么想法？现在看来，这个袁玥并没有作案机会啊。”

宋铎轻叹一声，说：“是啊，至少表面看来，她完全没有作案的机会。只不过，我总觉得外面那道新粉刷的墙壁好像暗藏着什么玄机。”

“那面墙壁，难道有什么可疑之处吗？”苏晚晚说，“我怎么没有看出来？”

宋铎看她一眼，说：“这不是看出来的，而是感觉出来的。一般情况下，凶手作案后粉刷墙壁，多半是想掩盖遗留在墙壁上的什么痕迹。”

坐在驾驶位上开车的曹亮忍不住插嘴说：“她在那么远的树林石屋杀人，会在自己家里留下什么痕迹呢？不可能是黄麒麟的鲜血溅到她家外墙上了吧？”

宋铎摇头说：“你这个思路其实就是警方办案的固定思维，一说到痕迹，就以为一定是跟案子有直接关系的血迹、脚印、指纹之类的，其实还有很多看似跟案子毫无关联，实则暗藏破案线索的痕迹。这些痕迹一开始只有凶手自己知道，绝不能让警方看到，所以才会想尽办法加以掩盖。”

“那到底会是什么痕迹呢？”曹亮挠挠头，一边开车，一边说，“黄麒麟周一晚上被杀，袁玥星期二就请人重新粉刷外墙，我也觉得这事太过巧合。”

“确实有些不合常理，那面墙壁到底藏着什么玄机，咱们还得再深入调查。”宋铎想了一下，拍拍他的肩膀说，“这样吧，小亮，你找一辆摩托车，今天晚上从袁玥家附近开到笔架山下案发石屋，多往返几趟，测试一下从袁玥家到黄麒麟被杀的地点，骑摩托车最快需要多长时间。”

曹亮点头说：“行。”

宋铎说：“袁玥身上疑点太多，咱们一定要好好查一查。”

次日一早，曹亮向宋铎报告说他昨晚骑一辆与袁玥的相同牌子的女式摩托车，从袁玥家附近出发前往笔架山下的石屋，一共往返四趟，最快的一次，单程只用了26分钟，最慢的一次用了32分钟，平均算下来的话，单程是30分钟，往返一趟大约需要一个小时。

宋铎听罢，用力点一下头，好像是对袁玥的怀疑终于找到了一点佐证。他说："周一晚上袁玥家两次停电之间，共有约一个半小时的时间，这段时间袁玥并不在四个女生的视线范围之内。如果她真是凶手，一个小时往返家与石屋之间，剩下半个小时用来作案，完全足够。"

苏晚晚说："这个只是理论上存在可能性，从那四位女生提供的线索及咱们去袁玥家里实地查证，证实她没有作案机会。"

"可是我的直觉告诉我，袁玥家那面刚刚粉刷过的外墙肯定有蹊跷，但到底有什么异常，一时我又说不上来。"宋铎皱起眉头说，"看来咱们还得去一趟袁玥家。"

苏晚晚看看时间说："这个时候，袁玥应该在学校上课，要我打电话叫她回去吗?"

宋铎说："不用，我们没必要进屋，只在外面走廊仔细看看那面墙壁就行了，反正楼梯间没有上锁，咱们自行上楼即可。"

三人再次驱车来到育才路，找到袁玥住的那栋房子，上到二楼，袁玥家果然大门紧锁，应该不在家了。

宋铎站在外面走廊里，对着袁玥家那面粉刷过的外墙又仔细研究了半天，并没有什么新发现。

他背着双手，在走廊里踱着步子。二楼除了袁玥一家，还有另外三家住户，但都大门紧闭，从门窗缝隙里看进去，屋里灰乎乎一片，看得出已经很久没有住人。也就是说，整个二楼就只有袁玥一个人住，想找个同楼层的邻居打听一下情况都不可能。

宋铎在走廊尽头站了一会儿，又走回到那面与邻居家墙壁颜色完全不同的白墙前，他脸色凝重，心有不甘地看着那面墙壁，双手在口袋里摸索着。苏晚晚以为他是在摸烟盒，结果却看见他掏出了一面比巴掌还大的放大镜。

宋铎手持放大镜，像个老学究一样，对着那面墙壁仔细研究起来。曹亮看看苏晚晚，苏晚晚也是一脸忍不住想笑出声来的表情。宋铎先是蹲下身，用放大镜看了墙脚部分，然后又直起身，慢慢地往上看去。

曹亮不由得笑起来，说："宋队，你拿一个这么大号的放大镜，只怕连墙上的细菌都要被你看出来了，是不是有点……"他刚说到这里，宋铎忽然叫起来："这是什么？"他用手指指窗户旁边大约两米高的地方。

苏晚晚和曹亮吓了一跳，凑近一看，墙壁上雪白一片，根本什么都没有啊。宋铎把手里的放大镜递给他们，他俩踮起脚尖拿着放大镜对着那里一看，那块肉眼看上去并无异常的墙壁，在放大镜后面却隐约显出两个黑点。

宋铎找来一块抹布，在那块墙壁上使劲擦拭几下，墙壁外层新粉刷上去的白粉被擦掉后，露出里面的本来颜色和嵌在墙壁上的两个黑点。仔细一看，才发现那并不是什么黑点，而是水泥钉在外墙上钉过之后留下的两个钉子眼。再用抹布擦拭几下，钉子眼四周隐约可见一个十几厘米见方的方框印迹，看上去像是一块木板曾被两个钉子长时间钉在这里留下的记号。

宋铎轻舒一口气，扔下手里的抹布转身就走。

苏晚晚和曹亮感觉莫名其妙，跟着他跑下楼，问："宋队，怎么了？那块墙壁有什么问题吗？"

宋铎没有说话，一直到下楼走近警车时，他才对苏晚晚说："小苏，你跟我再去一趟实验中学找找那位袁老师，如果我没有推断错，她应该就是杀死黄麒麟的凶手。"

旁边的曹亮有点着急地说："宋队，那我呢？"

宋铎把目光转向他，说："不是听说以前黄麒麟曾将袁老师踹倒在地，导致她流血受伤，在人民医院住了两个星期吗？你去人民医院调查一下，一定要查到她的病历，看看她当时到底受了什么伤，伤有多重，一有结果马上打电话告诉我。"

曹亮从宋铎脸上看到了破案的曙光，立即挺起胸脯说："是，我这就去。"他转身就在大街上拦了一辆出租车，直奔人民医院。

宋铎带着苏晚晚驱车来到实验中学，得知袁玥正在上课，于是爬上三楼，找到高二（5）班的教室。正在讲台上给学生上课的袁玥从窗户里看见宋铎，脸色沉下来，一面让学生自己看书，一面从教室走出来面带愠色地对宋铎说："你们不知道在窗户外面晃来晃去会影响学生上课吗？"

宋铎脸上带着歉意地说："不好意思，打扰袁老师了，我们还有一些情况想找你了解一下，这里说话不太方便，请到学校办公室去吧。"袁玥一低头，看见他衣袖上沾着少许白色石灰粉，就知道他们已经去过自己的住处，脸色微变说："那就走吧。"

三人下楼，来到学校办公室。严校长一见，立即识趣地带着屋里另外两名教师离开了。

宋铎关上办公室的门后，对袁玥说："袁老师，刚才你也看到了我衣袖上的石灰粉，我们再次来找你的原因，相信你已经知道了吧？"

袁玥摇头说："抱歉，我一点也不明白。"

宋铎冷声道："既然这样，那我就直说吧，我们怀疑你就是杀害黄麒麟的凶手，现在要带你回公安局接受警方的调查。"

袁玥"哼"一声偏了一下头，脸上的表情好像在说：怎么又来这一套？她有点不耐烦地说：“昨天你们已经找那四个女生调查过，也去我家里搜查了，不是已经证明我没有作案时间吗？怎么今天又来了？”

宋铎说：“昨天我们是被你家里那面刚刚粉刷过的外墙给蒙蔽了，今天我又去你家门口看了一下，在卧室窗户边的白色石灰粉下，我们发现了两个钉子眼。如果我没有想错，那里曾经安装过一个控制屋内电源的电闸，只不过后来电闸被移到了室内大门后边，所以原处不可避免地留下了两个钉子眼。你为了掩盖这个痕迹，所以请人重新粉刷了墙壁。

“5 月 16 日，即本周一晚上 7 点，四位女生来到你家里补习功课，你假装感冒，刚给学生讲完两道习题，就借感冒之名进入卧室休息。这时候应该是晚上 7 点 10 分左右。你进入卧室关上房门后，当然没有真的上床睡觉，而是从窗户里伸出手，将安装在窗外墙壁上的电闸拉下，屋里顿时一片漆黑。你趁机从卧室走出来，溜到大门外，再将电闸推上去，整个过程大约只有一分钟。卧室里的录音机或手机里，还在播放你事先录好的咳嗽声，在客厅里复习功课的四个女生，根本没有看出破绽。

“你下楼后，立即骑上自己的摩托车，用了大约半个小时的时间来到笔架山下，找到关押黄麒麟的那间石屋。因为狄小飞已于当日早上告诉你绑匪藏匿钥匙的地点，所以你很容易就找到钥匙，打开石屋大门，然后进屋将被捆绑在靠背椅子上的黄麒麟用匕首刺死。因为你戴着手套，所以作案过程中几乎没有留下什么痕迹。

“你杀死黄麒麟后，又立即骑摩托车赶回住处，这时候应该是在晚上 8 点 50 分左右。你上楼后立即关掉电源，趁黑溜进大门潜入卧室，再从窗户里伸手出去推上电闸。没过多久，就到了晚上 9 点，四个女生准时敲门和你告别，你从卧室走出来，假装刚刚睡醒的样子。如此一来，四名女生就成了你拥有完美不在场证明的证人了。

“但是，你知道，如果警察怀疑到你头上，只要去到你家里稍加调查，就不难识破你的杀人诡计。为了不让警方发现端倪，杀人后的第二天，你在街边请了一个民工帮你把电闸转移安装到室内；为了掩盖外墙上旧电闸留下的安装印迹，你又叫民工将外墙用白色石灰粉重新粉刷一遍。”

宋铎讲述完自己的推理之后，目光一转，又盯着袁玥说：“你曾告诉警方自己觉得外墙太脏，所以请街边民工粉刷了一遍，花了一天时间，支付了五百元报酬。殊不知正是这句话，让我觉得更加可疑。那面外墙面积并不太大，不可能需要花一天的时间粉刷，更不用为此支付五百元报酬，除非你还叫那名民工干了其他的活儿，比如说转移电闸、电线等，这就说得通了。”

“你的推理听起来好像能自圆其说，但仔细推敲之下，却有一个最大的问题。”袁玥脸色苍白，冷声问道，“请问宋警官，我为什么要杀黄麒麟？他是我的学生，我跟他之间并无深仇大恨，我为什么要如此大费周章地杀害他？”

“说到你的杀人动机，目前我们正在调查……”宋铎刚说到这里，手机忽然响了，一接听，是曹亮从医院打来的。

他把手机放在耳边，一边听着从电话里传来的曹亮说话的内容，一边连着“嗯”了几声。

挂断电话后，宋铎对袁玥说：“至于你的杀人动机，其实我原本就有一些疑虑。据我们调查，黄麒麟曾经在学校将你踢伤，但我想作为一名为人师表的人民教师，不可能仅仅是因为学生曾动手打伤过自己，就睚眦必报到要动手杀人的地步。听说你被黄麒麟打伤后，在人民医院住了两个星期才出院，我心中更是多出一分疑问，到底是多重的伤，竟然要在医院住这么久才能恢复？因为疑点甚多，所以我叫我的同事特意到人民医院去调查了一下。他刚刚给我回电话，告诉我他在医院看到了你的病历，发现你当时并不是被黄麒麟踢伤，而是被他踹得倒地流产，当时你已经怀孕三个月了……”

“啊……”袁玥突然发出一声尖叫，身子一晃，像是被一颗子弹出其不意地击中心脏一般，脸上露出痛苦的表情。

宋铎看她一眼，接着说：“如此一来，你杀人的动机就很明显了……”

“别说了，别说了……”

袁玥脸色惨白，身子向后一个踉跄，幸好靠着后面的一张办公桌，才没有倒下去。

她双手捂着脸，边哭，边尖声大叫：“那个畜生，他不但一脚踹掉了我肚子里的孩子，而且也毁了我一生的幸福……本来我只是对他心怀恨意，后来听狄小飞说了他被绑匪关押的地点和石屋钥匙放置的地方，我心里就想，真是老天开眼，为我孩子报仇的机会来了……”

第十八章　致命偷听

袁玥被带到刑警大队后，很快就低头认罪，她所作的供述，与警方的推断基本一致。黄麒麟的命案，总算有了一个结果。专案组的人都松了口气。

走出审讯室的时候，宋铎抬起手臂，心情舒畅地做了一个扩胸运动，动作还没有做完手机就响了。一接听，是法医孟瑜打来的。孟瑜用她一贯高冷的声音问："宋大队长，黄麒麟的案子怎么样了？"

宋铎下意识地回头朝身后的审讯室看看，说："刚刚抓到凶手，用匕首刺死他的，是他的班主任袁玥。"

孟瑜在电话那头愣了一下，问："袁老师认罪了吗？"

宋铎说："我刚刚从审讯室出来，她对自己持刀杀死黄麒麟的罪行供认不讳。”

孟瑜在电话里“哦”了一声，显得有点意外。宋铎听出了端倪，问：“怎么了，有什么问题吗？”

孟瑜说：“还真有点问题。”

在黄麒麟的死亡现场，当时基于现场情况，孟瑜初步得出的结论是黄麒麟系被匕首刺中心脏后当场死亡。当时死者胸口只渗出少许血液，这本来是个疑点，但考虑到匕首并没有被凶手拔出来，未造成伤口大出血，从当时的现场情况来看，也属正常。

后来黄麒麟的尸体被拉到法医中心进行详细尸检时，孟瑜才发现其死因可疑。在征得被害人家属签字同意后，法医中心对黄麒麟进行了尸体解剖，最终确认其死因并不是胸口的刀伤，而是机械性窒息。如果说得更具体一点，他应该是被人用塑料袋之类的东西捂住鼻子活活闷死的。

孟瑜在电话里补充说：“黄麒麟被人捂死的时间，比我们原来确定的死亡时间略早，大约在星期一晚上六点半，前后误差不会超过半个小时。”

宋铎说：“那就是当晚 6 点至 7 点了。”

孟瑜说：“是的，就是这个时间段。”

“也就是说，先是有人在星期一晚上 6 点半左右潜入石屋将黄麒麟捂死，然后袁玥再次进屋在黄麒麟胸口捅了一刀。实际上袁玥动手杀人的时候，黄麒麟已经死了，对吧？”

“确实如此。这位袁老师刺杀的其实是一具尸体，严格来说，并不构成杀人罪。那个在她之前捂死黄麒麟的，才是真正的杀人凶手。”

挂断电话后，宋铎立即转身再次走进审讯室。袁玥见他去而复返，并且脸色凝重得吓人，不由得吃了一惊说：“我、我都已经承认黄麒麟是我杀的了，你们还想怎么样？是要立即把我拉去枪毙吗？我、我……”

宋铎打断她的话说：“现在案情有点变化，有些情况我们还得向你核实一下。”

袁玥奇怪地看着他问：“还有什么要核实的？”

宋铎看着她问：“星期一晚上，你持刀进入那间石屋时，看到黄麒麟有什么反应吗？”

“有什么反应？”袁玥怔了一下说，“好像没什么反应吧，他被捆绑在椅子上，眼睛被蒙住，嘴巴也被封住了，还能做出什么反应？”

宋铎说：“如果他觉察到有人进屋，或者有人走近，肯定会有所反应的，他的耳朵并没有被堵住，他能听到你开门的声音或进屋的脚步声，他的头可以扭动，身子也可以摇晃，甚至嘴巴可以发出‘呜呜’的声音。总之，如果他感觉到有人靠近，肯定会做出某种反应。”

袁玥显得有些茫然，不知道宋铎到底想从自己这里得到什么信息，回想一下之后她摇头说：“好像确实没有看到他有什么反应，当时我还想，会不会是他已经睡着了，而且屋里没有灯光，光线很暗。我也没看太清楚，只是辨认出他是黄麒麟，就一刀扎了下去……怎么，有什么问题吗？我都已经说了，人是我杀的，如果要枪毙我，就趁早吧，反正我来到这里，就没想过要活着出去。”

宋铎看她一眼，想了一下，最终还是把法医的话告诉了她。

“什么？”袁玥不由得惊得合不拢嘴，“我进去的时候黄麒麟已经窒息身亡了？”看到宋铎点头，她竟有些不相信，“那、那我刺中的，难道是一具尸体？”

宋铎说：“是的，严格来说，你用匕首刺中的确实是一具尸体。法医已经证实黄麒麟的死跟你刺的那一刀，并没有直接关联。”

“那也就是说，我并没有杀人，对吧？”袁玥睁大眼睛看着他。宋铎点头说：“是的，黄麒麟的死与你无关，凶手另有其人。”

“我不是杀人凶手，我不是杀人凶手……”袁玥有点失神地喃喃自语着，苍白而倔强的脸上终于无声地滑下两行眼泪，就好像紧绷在身体里的那根弦忽然断了。她把头埋进臂弯里，放声大哭起来。

宋铎打开审讯椅，将她放出来，说：“等下会有我的同事带你去办手续，办完手续，你就可以先回家了。但警方如果有需要，你要保证能随叫随到。”

袁玥点点头，不知道该说什么，最后她竟然对着宋铎弯腰鞠了一躬。旁边一名女警搀扶着她正要走出去，她想了想，又止住脚步回头问：“宋警官，能告诉我到底是谁杀了黄麒麟吗?”

宋铎摇头说：“凶手到底是谁，目前我们也不清楚，这个案子咱们还需要再进行深入的调查。而且我觉得凶手能在不破坏门锁的情况下进入石屋杀人，应该也像你一样知道绑匪藏匿钥匙的地点。我们还得去向狄小飞确认一下，看他是否还将这一信息告诉过别人。”

袁玥摇头说：“没有，我已经交代过狄小飞，他不会跟别人说的。”

“那你呢？你有没有向别人透露过这些信息?”

“绝对没有。”

宋铎不由得拧紧了眉头，说：“这就怪了，凶手到底是怎么知道钥匙藏匿地点的呢?”他在屋里踱了两步，又抬头问，“你确定狄小飞在跟你谈论这个话题的时候，没有被其他人偷听到吗?”

袁玥想了一下，摇摇头说：“我可以确定没有被别人听到，当时还没到早自习时间，教室里除了我和狄小飞，并没有其他同学，外面走廊里也没有人。”

宋铎“哦”了一声，说：“这倒是有点奇怪。”皱眉想了片刻，仍是毫无头绪，正要转身走出审讯室时，袁玥忽然说：“对了，狄小飞跟我说话的时候，正好有一个人从教室外面的走廊经过，但我觉得他也仅仅是恰巧经过，应该不会听到我跟狄小飞的谈话内容。”

“这个人是谁？”宋铎立即发问。

袁玥说：“就是学校的常务副校长严文轩。”

“严校长？”宋铎听到这个名字，脑海里立即跳出实验中学那个戴着金边近视眼镜、总是有意无意地蹭到警察身边偷听警方办案过程的常务副校长的样子来。

“能给我具体说说当时的情况吗？”宋铎问袁玥。

袁玥想了一下，说：“我们学校的早自习是从早上 7 点 15 分开始，星期一那天早上，我像往常一样提前十几分钟，大概是 7 点左右走进教室。却意外地发现，狄小飞到得比我还早，当时教室里就只有他一个人。后来我才知道，他是特意来这么早的，因为他找我有事。他走到讲台上，跟我说了周日他通过跟踪两个绑匪打探到黄麒麟被关押在笔架山下那间石屋的经过，自然也说了绑匪放置大门钥匙的地点。他还说黄麒麟没有生命危险，所以不用急着报警。后来我听到外面走廊上好像有动静，回头一看，才发现是严校长在检查各班上早自习的情况。他正好从我们班教室门口经过，还跟我说了两句班上的早自习纪律，很快就走了。我感觉他好像并没有在我们班教室门口停留，所以不大可能偷听到狄小飞跟我的对话。”

“无论如何，我们也得把这个情况再核实一下，绝不能放过一丝线索。”宋铎抬头问，“我好像看到你们学校走廊是安装了监控摄像头的，对吧?”

袁玥“嗯”了一声，说：“是的，以前有学生在走廊打架，引起了很多不必要的纠纷，后来学校就在教学楼走廊里加装了监控摄像头，以策万全。”

宋铎说：“那行，我送你回学校，顺便去看看监控视频。”

宋铎带着苏晚晚和曹亮，开着警车先将袁玥送回学校，然后找到学校保卫科科长，提出要查看一下高二（5）班教室外面走廊的监控视频。保卫科科长把他们带到保安室，让他们在一台连接着监控探头的电脑里自己找。

曹亮在电脑里调出星期一早上高二（5）班外面走廊的监控，从6点多看起，通过视频可见，早上6点56分，狄小飞背着书包走进教室。过了四五分钟，袁玥手里拿着一本书也走了进去。没过多久，严校长就背着双手从楼梯间走上来，沿着走廊巡视各班。

当他走到高二（5）班的教室门口时，好像听到什么声音，忽然停住脚步，靠在门边侧耳偷听室内声音。几分钟后，似乎是屋里的人有所察觉，他立即昂头挺胸地迈开脚步，佯装从教室门口经过，还站在门边跟屋里的人说了两句话，然后又背着双手往前走了。

这一段视频，足以证明袁玥跟狄小飞在教室里的谈话内容，已经全部被严校长听到。也就是说，知道黄麒麟关押地点和钥匙放置位置的人，除了两个绑匪和狄小飞、袁玥，其实还有第五个人，就是那位严校长。

宋铎再次找到袁玥，把从监控视频里调查到的情况告诉她。袁玥一听，忽然脸色苍白，痛苦地呻吟了一声，说："难道凶手真的是他？难道他竟然也……"

"竟然也什么……"宋铎听出了端倪，盯着她追问了一句，"为什么你觉得他会是凶手？"

袁玥脸上的表情渐渐复杂起来，沉默好久，她才叹口气，下意识地摸了一下自己的肚子说："因为我肚子里那个被黄麒麟踢掉的孩子，就是他的。"

"什么，是他的孩子？"宋铎、苏晚晚和曹亮三人都大吃一惊。据他们所知，今年38岁的严文轩，已经是一个有家室的男人啊。

袁玥看看三个警官，脸色微微发红，竟露出一丝羞赧之色。原来袁玥自小就跟平京市结下了缘分，小时候她父母曾在平京市工作，她也随父母在平京上学。她在平京一中读高中时，班主任就是严文轩。当时的严老师喜欢将白衬衣下摆扎进皮带里，脸上总带着阳光般的笑容，年轻帅气且博学多才，讲课时旁征博引，就连前来听课和评课的老师都听得脑洞大开，深为折服。情窦初开的袁玥，很快就暗恋上了这位儒雅博学、阳光帅气的班主任，还悄悄地给他写过情书，只可惜严老师并没有回复她。后来她父母调回外省老家工作，她也回老家参加高考，并顺利考进一所名牌大学。虽然她离开了平京市，但那个喜欢穿白衬衣，有一脸阳光般笑容的严老师，却在她懵懂的青春记忆里扎下了根。

大学毕业后，袁玥放弃了大城市里高薪工作的机会，也没有按父母的意愿回老家发展，而是义无反顾地来到平京市。这时当年那位意气风发的严老师已经步步高升，成为实验中学的副校长。为了圆自己当年的少女之梦，袁玥通过招聘考试进入实验中学任教，成为严老师手下的一名教师。此时已届中年的严老师，早已结婚成家并育有一个女儿，但儒雅博学不减当年，而且身上还较年轻时多了一份成熟男人的稳重与从容。袁玥愈发迷恋这位当年的班主任老师。她开始借工作之便，频频亲近严老师。当然，现在的袁玥早已不是当年那个青涩的女高中生，而是出落得亭亭玉立、青春明媚。看得出来，严老师同样也对她心怀绮念。说不清谁更主动些，总之一来二去，两人就有了暧昧关系。

大概在去年暑假的时候，袁玥发现自己怀孕了，严校长叫她去把孩子打掉，但她却倔强地想把孩子生下来。她知道严校长很想要一个儿子，而他老婆却因卵巢早衰不能再生孩子了。她缠着他的脖子说："你不是一直想要一个儿子吗？如果我给你生个儿子，咱们就结婚好不好？"严校长一边将她压倒在她卧室那张宽大的席梦思床上，一边点头说："好，只要你给我生一个儿子，我就跟家里的黄脸婆离婚。"从此之后，肚子里的孩子就成了袁玥通向幸福之路的最大希望。

谁知老天无眼，去年 11 月的时候，她因为批评黄麒麟而遭到这个校园"黄天霸"的报复，被其踹翻在地后，又在肚子上连踢数脚，最终导致她下身流血，胎儿不保。黄麒麟这一脚，不但踹掉了她肚子里的孩子，也踹掉了她一生的幸福。流产之后，袁玥跟严校长的关系也出现了裂痕，严校长对她渐渐冷淡起来。天生敏感的袁玥自然感觉得到，他的心已经不在自己身上，虽然满心苦楚，也只得强迫自己断绝了跟他的关系。

从那以后，袁玥每次看见黄麒麟这个校园流氓，都恨不得冲上去掐死他。但她知道自己为人师表，绝不能做如此出格之事，只能将心中恨意深藏，并没有把黄麒麟从自己班上赶出去。直到这个星期一早上，当昔日与自己温存有加的严老师站在教室门口，用不含任何感情的话语没来由地批评她时，她忽然心生委屈，心底深处对黄麒麟的怨恨之情，突然像火山一样迸发出来。杀机刹那间闪现后，就再也挥之不去。晚上回到家里，一个完整的杀人计划在脑海里渐渐形成。晚上7点到她家补习功课的四名女生，成为她最好的不在场人证。她从卧室窗户里伸手拉下电闸，一场黑暗的复仇之旅就此拉开序幕。但是，让袁玥做梦也没有想到的是，她拿刀刺中的只是黄麒麟的尸体。在她杀人之前，早已有人将这个黄天霸捂死，而且杀人凶手极有可能就是严校长。

说到最后，袁玥不禁流下泪来，她喃喃地说："想不到他心里也有为孩子报仇的想法，而且还抢在我之前将黄麒麟杀死，为我们没来得及出世的孩子报了仇。早知如此，我就不该、不该……"话至此处，却没有再说下去。

宋铎自然听出了她的话外之音，从严文轩出手为她流产的孩子报仇这一点来看，他对袁玥并非已经绝情绝义。袁玥此时心中一定后悔，不该在警察面前说出严校长有可能偷听到自己跟狄小飞谈话的事，要不然也不会把他牵扯进来。

苏晚晚看着她问："你觉得严校长杀人，是为了替你们流产的孩子报仇？"

"那不然呢？"袁玥抬头看着她问。苏晚晚叹口气，说不出话来，虽然她觉得严校长的杀人动机肯定不会如此简单，但看到袁玥脸上有些欣慰的表情，却又不便说破。到底严校长杀人的目的是什么，现在还不知道，只有找到他本人，才有可能真相大白。

宋铎问：“袁老师，严校长还在学校吧？”

袁玥说：“我早上倒是看到他在学校，后来不是跟你们去了刑警大队吗？下午我也是刚从你们那里回来，还没有看到他，估计在学校办公室吧。”

宋铎点点头，转身下楼，袁玥犹豫一下，也在后面跟了上来。

第十九章　公园血案

宋铎等人来到一楼办公室，屋里只有一个胖胖的中年妇女在对着电脑打字，并没有其他人。

袁玥上前问那女人：“秦主任，严校长呢?”

秦主任从电脑屏幕前抬起头，看看办公室的几个空座位说：“严校长啊，我下午没有见到他呢。”

宋铎问：“他下午没有来上班吗?”

秦主任点头说：“好像是吧，上午倒是一直在这里，中午回家吃饭了，下午就没见他回学校。”

袁玥问：“会不会出去开会去了?”

秦主任摇头说：“不会，他这两天都没有会议。”

宋铎皱皱眉头，找到严校长的手机号打过去，电话响了很久，但一直无人接听。他心里隐约觉得有点不妙，问："他住在什么地方？"

秦主任往身后指一下说："他就住在学校后面的教师公寓，你们从学校后门出去就能找到。"

宋铎带着两个助手转身就走，袁玥从后面追上来，叫了他一声。宋铎说："你不用去了，安心给学生们上课，有什么消息我们会及时通知你。"袁玥点头说："我是想告诉你们，他住在教师公寓 508 房，他老婆叫余素心，在市图书馆工作。"

宋铎点点头，快步从学校后门出去。与学校后面围墙仅一路之隔，果然有一幢白色教师公寓，楼高七层。他们上到五楼，找到 508 房，按响门铃，却没有人应门。

宋铎看看表，已经是下午三点多，估计严校长的老婆正在上班，于是三人下楼后直接赶到市图书馆，找到了余素心。

余素心是个矮个子女人，说话声音很低，显得有点中气不足的样子。面对警方的询问，她说："我们家老严中午好像有什么急事，从学校回到家连饭也没吃，只进了一趟屋，然后就出门开车走了。"

宋铎问："知道他出门有什么事吗？"

余素心摇头说："不知道，我问过他，他阴沉着脸不肯说。我下午打电话找他，他也不接电话。对了，他出门的时候，把抽屉里的定期存折给带走了。”

宋铎问：“存折里有多少钱?”

余素心说：“他的钱大多数都买股票了，存下来的不多，大约二十万元吧。”

苏晚晚问：“钱是存在哪家银行的?”

余素心说：“是在学业路那家中国银行存的，那里离他们学校不远，平时存钱取钱都方便。”她有点担心地看着三个警察问，“我们家老严是不是出什么事了?”

宋铎说：“没有，我们只是想找他了解一点情况，一时找不着人，所以有点着急。”他掏出一张名片递给余素心说，“如果你丈夫回来或者联络你，请打名片上的电话告诉我。”

离开图书馆后，宋铎又来到学业路那家中国银行，经过调查得知，今天中午 12 点 20 分，严文轩来到银行将存折里的二十三万元存款全部取走，因为是定期且未到期，取款要验证身份证，所以耽误了一些时间。

宋铎查看银行内部的监控视频，发现严文轩取款后用一个黑色提包装好，于 12 点 29 分匆匆离开银行。再调看银行门口的监控，严文轩出来后开着自己的黑色本田，沿着学业路往与学校相反的方向走了。因为学业路上再无其他监控探头，他具体去了什么地方，已经无法查证。

回到警车里，宋铎把头靠在座位上使劲捏着鼻梁，好像要把一肚子的疑问都从鼻梁处捏出答案来一样。苏晚晚说：“黄麒麟命案，现在种种线索都指向严文轩，而就在这样的关键时刻，他却突然失踪了，宋队你觉得这两件事之间有关联吗？”

曹亮抢着说：“肯定有关联啊，我觉得吧，很可能是严文轩杀人之后自觉法网难逃，所以干脆取钱畏罪潜逃。”

苏晚晚反驳道：“这个好像不大可能。因为中午的时候，咱们还在审讯袁玥，根本没有怀疑到这位严校长身上，而且咱们在学校抓走袁玥时很多人都看见了，大家都以为袁玥是杀人凶手，就算严校长是真凶，这时候也应该会暗暗松口气，以为找到了替罪羊。他在这个时候畏罪潜逃，说不过去啊。”

曹亮说：“如果不是畏罪潜逃，那他现在又去了哪里呢？”

宋铎忽然在座位上坐直了身子，说：“严文轩突然失踪，而且失踪前还取了那么多钱带在身上，这其中肯定有什么蹊跷。咱们一定要尽快找到他，要不然黄麒麟这个案子就没法侦破了。”

苏晚晚说：“严文轩离开的时候开着车，目标比较大，只要他还在平京市，应该不难找到。宋队，咱们要不要跟电视台联系一下，让他们在今天的节目里插播一条寻人启事。”

宋铎摇头说：“暂时不用。正如你所说，严文轩驾车离开目标比较显眼，只要不是刻意躲避起来，找到他应该不太困难。这样吧，你先把他的车牌号发给局里，请在市区巡逻的同事留意一下，看能不能找到他的车。如果找不到，咱们再想其他办法。”

苏晚晚点头说：“好的。”她立即掏出手机打电话回市局，请求协调巡警支援。

大约在晚饭时分，果然有好消息传来。据两名骑摩托车巡逻的辅警报告，他们在城西平湖公园后门口发现了严文轩的黑色本田车。宋铎立即带着两名助手赶过去。

来到平湖公园后门口，果然看见一辆黑色本田停在一棵大树下，看车牌号正是严文轩的车。宋铎凑近车窗玻璃查看一下，车门紧锁，车内空无一人。

他四下里看了看，公园后面是一条碎石路，再远一点的地方是一大片菜地，位置有点偏僻，也看不到什么人。围绕车周围搜索一圈，并没有发现什么可疑情况。

宋铎缓步从后门进入公园，脚下是一条蜿蜒曲折的水泥小路，两边种着一些景观树，再往前走不远，就是一座十多米高的假山，山顶有一个小凉亭，山侧有台阶可以登上凉亭。公园很安静，看不到什么游人。

宋铎正想绕过假山往前走，细心的苏晚晚忽然指着假山大叫起来：“宋队，快看，那里是什么？”

宋铎抬起头，顺着她手指的方向一看，在假山后侧离地面五六米高的一块裸露的石尖上，竟然沾染着一片血迹。

宋铎神情微变，认真观察了一下，然后沿着假山走上一道狭窄的楼梯，“噔噔噔”爬上山顶。山顶凉亭很小，因为无人打扫，地上扔着许多垃圾。他抱着凉亭立柱使劲探出头去，沿着留有血迹的山石往下一瞧，不由得倒吸一口凉气。只见假山下的花坛中间，一个男人仰面朝天地躺在那里，一动不动，再定睛一瞧，居然正是严文轩。

他又急忙跑下假山，山下花坛里的棣棠花开得正艳，因为花枝的高度超过了一米，所以严文轩躺在那里完全被花丛遮挡住了，站在地面上的人根本不可能看到他。如果不是宋铎攀上假山居高临下地查看，是很难发现他的。

三人急忙跳进花坛，扒开花枝钻进去，只见严文轩倒在那里，脸色苍白，右边太阳穴现出一个比大拇指略粗的洞，鲜血流了一地。宋铎一摸他的身体，已经冰凉，又把手伸到他鼻孔前一探，已经感觉不到鼻息。曹亮问：“他死了吗?”

宋铎无声地点头，仰头看看山壁上那块带着血迹的尖锐石头，心中已经做出判断，很显然严文轩是从山顶跌落下来，头部正好撞到尖石上，落地后无人发现，最终因失血过多而死亡。

苏晚晚蹲下身，摸了一下严文轩的胸口，忽然“咦”了一声，说：“他好像还有心跳，快打120。”曹亮也伸手一摸，确实感觉到严文轩的心脏还在微微跳动，立即掏出手机拨打120急救电话。

几分钟后，一辆120急救车开到公园门口，一名医生带着两名护士推着担架车赶过来。

急救医生上前稍作检查，说："失血性休克，情况比较严重，要马上送院抢救。"

苏晚晚等人协助医护人员将严文轩送上救护车，宋铎让曹亮跟车去医院，有什么情况立即电话汇报。又叫苏晚晚给严文轩的老婆余素心打电话，把情况简单跟她说了，叫她立即去医院照顾伤者。

目送救护车拉着警报开走之后，苏晚晚有些沮丧地看了队长一眼，说："宋队，现在怎么办？我看这位严校长伤势严重，一时半会儿恐怕醒不过来啊。"

宋铎皱起眉头说："这件事越来越蹊跷了。黄麒麟命案，咱们刚刚追查到严文轩头上，他就失踪了，而且失踪前还从银行取了二十多万块钱。好不容易调查到他的行踪，却发现他从公园假山上摔下来，能不能被抢救过来还不知道。如果这是巧合，也实在是太凑巧了，如果他是被人从假山上推下来的，只能说咱们这次遇上大麻烦了。"

"已经查看过他的车，车里并没有看见他装钱的黑色手提包，刚才在严文轩受伤现场，我也找了一下，并没有看见那个提包。

也就是说，他带着的二十多万元不见了。”苏晚晚抬头看着那座假山说，“根据这个情况来推测，他被人从假山上推下来的可能性很大，毕竟二十多万元不是小数目，足以让人铤而走险心生杀机。”

宋铎围着假山转了一圈，掏出手机给留守在队里的老杜打电话，简单说了自己这边的情况，然后报上详细地址，叫他立即带技侦人员赶过来。

没过多久，老杜就带着技术科的人赶到现场。先是拉起警戒线，封锁了假山周围三十米的范围，然后开始进行现场勘查。

宋铎怀疑严文轩是被人从山顶推下来的，所以让技侦员重点对山顶凉亭进行了检查。估计有人曾在凉亭里吃过东西，地上到处都扔着鸡骨头和零食包装袋之类的东西，显得脏兮兮的。痕检员很快就在严文轩倒地一侧的凉亭边缘找到一枚脚印，初步确认是严文轩留下的。山壁中间那块尖锐石头上的血迹，也被证明是严文轩的。因此宋铎所推断的，严文轩是从假山上跌落受伤，这一点是能够成立的。

除此之外，痕检员还在凉亭里发现了几个模糊的脚印，但大多残缺不全，辨识度不高，无法提取留证。因为以前肯定也有游人曾上山并留下痕迹，所以不能确定这些脚印就是今天跟严文轩一起上山的人留下的。

苏晚晚在假山下的花坛里仔细搜索了一遍，最终在距离严文轩摔落地点不远处找到一部智能手机，不过屏幕已经摔烂，无法开机使用。她把这个手机拍成照片发给余素心，余素心确认这是她丈夫的手机。

现场勘查结束后，宋铎在公园里转了一圈，遇见几个晚饭后出来散步的老太太，就上前问她们，中午的时候，是否发现公园里有什么异常情况？

几个老太太一齐摇头，说："我们中午根本就没来过公园，你说中午太阳那么大，天气那么热，谁会没事跑到公园来溜达？"

宋铎一想也对，这个公园的位置有点偏僻，平时游人本来就少，大中午的，估计来的人就更少了。

宋铎走到公园门口，回头看看，因为假山靠近后门，又被附近几株大树挡住了，就算当时公园里还有其他人，也不一定能看到假山那边发生的事。他只好又跟苏晚晚回到公园后门，他们的警车还停在那里。

刚发动警车，宋铎的手机就响了，一看是曹亮打过来的，接听后忙问："是不是严文轩醒过来了？"

曹亮在电话里说："还没有，情况比较严重，医生正在全力抢救，他老婆一直在哭。"

宋铎说："那行，你辛苦一下，晚上就在医院里守着，有什么消息随时通知我。"

第二十章　死者来电

第二天早上，宋铎再次给曹亮打电话，询问严文轩的情况。曹亮说医生抢救了一个晚上，现在他的情况已经稳定下来，但是一直没有醒转的迹象。宋铎问："医生说过他大概什么时候能苏醒吗?"

曹亮说："我问了医生，医生说这个没有办法确定，也许很快，也许要昏睡几天，甚至有成为植物人永远醒不过来的可能。"宋铎叹口气说："那你先回单位吧，我叫刘斌过去替换你。"

等曹亮从医院回来后，宋铎召集专案组的人开了个碰头会，大家通报了各自掌握的情况。

一名痕检员说，他们曾在黄麒麟被杀的那间石屋台阶下提取到一枚残缺的脚印，只有半个脚掌，因为缺少比对目标，一直没有引起重视。现在经过比对，已经确定是严文轩留下的。如此一来，就更加证实严文轩跟黄麒麟之死脱不了干系。

至于严文轩在平湖公园假山上跌落受伤的案子，却没有丝毫线索。刚从医院回来的曹亮，显然昨晚一夜都没有睡好，这个时候还在不住地打着呵欠。他起身去洗手间用凉水擦了把脸，回来一边拿桌上的纸巾揩着脸上的水珠，一边说："其实我在想，会不会是咱们把事情想得太复杂了，严文轩受伤的事，也许跟黄麒麟的命案根本就没有关系。"

宋铎扭头看着他问："此话怎讲?"曹亮说："我觉得完全有可能是严文轩中午逛公园的时候，被劫匪盯上了。劫匪把他逼上假山，在他无路可逃之际动手抢夺他的提包。严文轩自然不会轻易放手，劫匪一怒之下就将他推下假山，抢了他的提包逃走了。当时公园冷冷清清的，劫匪又是从后门逃走的，所以根本就没有目击证人。"

"你这个推断太牵强了。"苏晚晚摇头说，"首先，严文轩肯定不会闲得无聊，大中午去逛公园；第二，按照严文轩惯常的生活轨迹，他中午下班后本应该回家吃饭，然后睡个午觉，下午再拎着皮包悠闲地去学校上班。但是昨天中午他回家后却连午饭也不吃，急匆匆地拿出存折就去取钱，然后开车来到平湖公园，这本身就已经不正常了。"

宋铎轻轻点一下头，看着她问："那你觉得咱们这个案子，接下来该怎么查?"

苏晚晚说："我已经问过实验中学校办公室那个秦主任，她说昨天上午严文轩在学校并没有什么不正常的地方，中午下班还跟她开玩笑说要请她吃饭，离开办公室的时候，也没有显得多匆忙。从学校到严文轩所住的那栋教师公寓，也就几百米远的距离，为什么他走完这段路回到家，整个人的情绪就完全变了呢？脚步匆忙，脸色阴沉，饭也不吃，拿着存折就往外走，老婆问他他什么也不说，这到底是为什么?"

宋铎看得出来，她说这话的时候，心中其实已经有了答案，就问："那你说是为什么?"

苏晚晚说："我认为，极有可能是在他中午下班走出办公室，绕过教学大楼穿过学校后门走回家，这短短几百米的路程里遇见了什么人，或者说接到了什么电话、收到了什么信息，让他的情绪突然发生变化，他遇上了必须要用一大笔钱才能摆平的急事。所以回到家后，连午饭也顾不上吃，立即拿起存折去取钱，然后急匆匆地去处理那件事。"

宋铎点头说："这个解释就合情合理多了。"

苏晚晚说："我记得实验中学后门口是安装了监控摄像头的，只要咱们去查看一下监控视频，就能了解大致情形了。"

宋铎说："行，那咱们就再去实验中学看看。"

开完会后，宋铎立即带着两名助手赶到实验中学，在保安室查看了学校后门的监控视频。昨天上午 11 点半的时候，严文轩从学校教学楼后面绕出来，走进了监控画面。这个时候他的脚步很轻快，心情看上去也不错，还特意蹲在路边对着一朵小花看了好一会儿。

当严文轩走到后门口时，似乎是手机响了，他从口袋里掏出手机，看了一眼来电显示，然后就不由自主地停住脚步，愣在了那里。足足犹豫了二十秒钟，他才把手机放在耳朵边接听，接电话的时候还四下张望着，好像生怕有人偷听一样。电话持续通话大约一分钟，因为监控探头没有录音功能，所以无法听到他在电话里讲了什么。

挂断电话后，严文轩好像突然被人打了一记闷棍，整个人都摇晃起来，幸好伸手扶住门框才没有倒在地上。他在后门口站了几分钟，直到有几个学生走过来，他才恍过神，急匆匆地从后门走了。

宋铎看看苏晚晚，眼含赞许之色，从视频情况来看，显然苏晚晚的推理是正确的。严文轩正是在下班回家途中接到某个电话后，才开始出现反常行为的。那么，这个让严文轩情绪产生如此大的波动，甚至有些失魂落魄的电话，到底是谁打过来的呢？

苏晚晚说："我昨天在平湖公园假山下找到了严文轩的手机，不过已经摔坏，没有办法开机。现在正拿给技术科的人想办法恢复数据，如果能修好，应该可以从里面找到一些有用的信息。"

曹亮说："宋队，我去电信公司查一下吧，应该不难查到那个电话。"宋铎点头说："行，你赶紧去，有消息马上告诉我。"

等曹亮离开后，宋铎和苏晚晚又到严文轩的办公室看了一下，并没有发现什么有用的线索。

两人刚回到刑警大队，曹亮也正好赶回来。他向宋铎报告说："宋队，我查到昨天中午 11 点半打给严文轩的那个电话号码了，那是一个手机号。你猜那是谁的手机号？"宋铎一怔，知道必有蹊跷，就催促道："别卖关子，赶紧说。"

曹亮说："是黄麒麟的手机号。那个号码是用黄麒麟的身份证注册的，我已经向黄金强求证过，确实是他儿子的手机号码。"

宋铎眉头一皱，一边转身走出办公室，一边说："赶紧把那个熊二带到审讯室，我有话要问他。"

苏晚晚一怔，为什么突然要重审熊二？但她很快就反应过来，在笔架山下那间石屋里并没有找到黄麒麟的手机，肯定是被熊大、熊二两兄弟拿走了。现在熊二被抓，能用黄麒麟手机给严文轩打电话的，肯定是熊大。但想找到熊大，还得从熊二身上找线索。

宋铎等人走进审讯室，熊二也很快被带了进来。

熊二一见到这个黑脸警察，就苦着脸说：“警官，该说的我都已经说了，你们还想怎样折腾啊？”

宋铎走到他跟前，盯着他道：“我想问你，你大哥熊大到底在哪里？”

熊二为难地说：“我早就跟你说过了，我也不知道他在哪里。我跟他买了不同车次的火车票，我去深圳他去天津，一个往南一个向北，结果我没到深圳就被你们从火车上抓住了。而我大哥，你们说他没到天津就下车了，所以没有抓到他。我又不是他肚子里的蛔虫，哪里知道他在什么地方下车，躲到什么地方去了？”

宋铎说：“现在我们有理由相信，你大哥其实哪儿也没去，他就在咱们平京市。”

熊二眼睛一翻，说：“这不可能啊，我明明亲眼看见他上的火车，也看见火车开走了……”

话至此处，他忽然明白过来，张大嘴巴“啊”了一声，“我明白了，肯定是他在下面哪个站下了车，然后又坐火车回到了平京市。我靠，我老大真是太聪明了，最危险的地方才最安全。你们从火车站的监控视频里看见他坐火车跑路了，肯定不会再在平京城里找他，他这个时候杀个回马枪，其实才是最安全的啊。”

“你老大杀人了，你知道吗？”曹亮再也忍不住，上前一把扯住他胸前的衣服，拳头紧握着大喊道。如果不是队长在场，他早就把这个王八蛋打得满地找牙了。

“我老大杀人了？”熊二吃了一惊，“他杀什么人了？”

曹亮说：“我们已经查到杀死黄麒麟的凶手是实验中学的副校长严文轩，但就在我们准备对其实施抓捕时，他忽然接到用黄麒麟手机打来的电话，然后他就带着一笔钱去了平湖公园，结果却遭了对方的毒手，他带的钱也不见了。据我们调查，黄麒麟的手机一直在你大哥手里，对吧？”

“那个手机确实一直在我大哥手里，可是……”熊二一听他大哥杀了人，就有点慌乱地说，“我大哥他怎么会杀人呢？我大哥常常跟我说，咱们可以偷盗可以抢劫可以绑架，但绝不能杀人，因为偷盗抢劫被抓了最多坐几年牢，但杀人可是要吃枪子儿的。”

曹亮并没有向他透露，严文轩只是身受重伤但并没有死亡，只是说：“是不是他杀的人，我们警方自有判断。你只要告诉我们他在哪里就行了。”

熊二说：“我自从坐火车走了之后，就再没有见过他，我哪里知道他躲在什么地方？再说了，你说我老大杀了那个什么副校长，可是那个副校长我们根本就不认识，我老大为什么要杀他？难道我老大是想给黄麒麟报仇？”

他这句话，倒是把曹亮问住了。曹亮搔搔后脑勺，回头看看队长，宋铎也正皱眉思索。

正在这时，审讯室的门被人敲响，宋铎开门一看，是技术科的女警小颜。小颜见队长关上门走出来后，才说：“宋队，我已经修复了严文轩的手机，不但从手机里找到了昨天中午他跟黄麒麟手机号的通信记录，而且还发现在通话结束后，黄麒麟的手机给他发了一条短信，内容是一段音频。”

宋铎问：“能播放出来吗？”

小颜点头说：“能。我听了一下，这段音频的信息量很大，我想请您过去听听。”

宋铎跟着她来到技术科，小颜说：“我已经把那个音频文件拷贝进电脑里了。”她坐在电脑前，用鼠标点击打开那个音频文件，宋铎在她旁边坐下，凝神听着。

刚一开始，电脑里传出的声音比较嘈杂，隐约能听到学生打闹和广播播音的声音，一听便知这段音频是在学校里录下的。几秒钟后，有一个声音问：“严校长，你刚才说什么？我没听明白。”另一个声音说：“黄麒麟，你认真点行不行？”宋铎一下就听出来了，第二个声音，出自实验中学常务副校长严文轩，从严文轩的话语中可以判断出，第一个说话的人正是黄麒麟。

音频继续往下播放，黄麒麟说：“你刚才说得太快，我没听清楚。”严文轩说：“我刚才已经说得很清楚了，只要你能把你们袁老师肚子里的孩子给弄流产，以后无论你在学校里犯什么事，我都罩着你。而且，以后上面有什么好学校的保送名额，我也优先照顾你。”

黄麒麟问：“你说的是真的?”严文轩说：“当然是真的，我说话算话。”黄麒麟说：“我是问你，袁老师怀孕的事是不是真的?”严文轩说：“当然是真的，她已经怀孕三个月了。”黄麒麟有点奇怪地说：“她连男朋友都没有，怎么会怀孕?”估计他是从对方的神色间发现了什么，忽然哈哈一笑，“哦，我明白了，你跟袁老师有一腿，她的肚子是你搞大的，对吧?”

严文轩咳嗽一声，没有回答。黄麒麟用幸灾乐祸的声音说：“你现在是玩腻了袁老师，想甩了她，但是她肚子里怀了你的种，像一块狗皮膏药贴在你身上甩不掉，对吧?”严文轩没有正面回答他，只说：“你到底干不干?你不干我找别人了。”“干干干!”黄麒麟忙不迭地答应道。录音到这里戛然而止。

苏晚晚跟在队长后面来到技术科，听完这段录音，不由得倒吸了一口凉气，说：“这么说起来，袁玥流产，其实是一个阴谋啊!”

宋铎点头说：“确实如此。显然严文轩对袁玥并没有真感情，跟她玩腻了就想分手，但因为袁玥意外地怀上了他的孩子，袁玥还要他跟老婆离婚然后娶她。严文轩从她的话语中听出了要挟之意，所以一面假意答应，一面暗中唆使黄麒麟使用暴力手段致其流产。就算那次袁玥没有被黄麒麟踹掉肚子里的孩子，这个校园黄天霸以后还会使出更恶劣的手段来达到目的。”

苏晚晚顺着队长的推理往下说：“只是严文轩没有料到的是，黄麒麟心机之深远超他的想象。黄麒麟将两人的对话用手机暗中录下，并且保存下来。在黄麒麟踹掉袁玥肚子里的孩子之后，严文轩总算松了口气。可他没有想到，刚摆平袁玥和她肚子里的孩子的威胁，又受到黄麒麟的要挟。至于黄麒麟用录音为筹码向他勒索钱财，还是提出什么其他要求，那就不得而知了。但可以肯定的是，黄麒麟一定多次向严文轩提出过分要求，导致其对这个校园黄天霸心怀恨意暗生杀机。星期一早上，严文轩无意中听到狄小飞与袁玥的对话，知道了黄麒麟被绑匪关押的地点，还有石屋大门钥匙藏匿的位置，于是他决定趁这个千载难逢的机会除掉黄麒麟这个眼中钉肉中刺，不再让他有从绑匪手里回到学校继续勒索他的机会。周一晚上6点半左右，他来到偏僻的笔架山下，找到石屋的钥匙开门进入石屋后，手里拿着塑料袋之类的东西紧紧捂住黄麒麟的鼻子。黄麒麟的嘴巴被胶布封着，再加上鼻子被捂着无法透气，很快就窒息而死。只是让严文轩没有想到的是，他捂死黄麒麟刚刚离开杀人现场不久，袁玥又偷偷来到石屋，在黑暗中向黄麒麟的胸口刺了一刀。所以，当咱们去学校告诉他黄麒麟是被人用匕首刺死的，他当时的表情十分古怪。”

宋铎忽然又想到另外一件事，说："还记得那个打给咱们值班室，告诉警方狄小飞曾把自己在树林石屋探听到的情况透露给袁老师的匿名电话吗?"

苏晚晚点头说："当然记得。当时狄小飞在警方面前大包大揽地承认自己是杀人凶手，咱们明明知道他是在替别人顶罪，却又没有任何线索往下调查。这时候有人打来电话，把警方的调查视线引到了袁玥身上。"说到这里，她忽然反应过来，"宋队，你的意思是说，那个打匿名电话的人就是严文轩?"

"除了他，我实在想不出还会有别人了。他不想警方的调查在狄小飞身上卡住，他知道狄小飞只把这个秘密告诉过袁玥，也知道黄麒麟身上的那一刀是袁玥刺的。他想让警方早点找到线索把袁玥抓住，早点把这个案子了结了，这样他就可以高枕无忧了。所以他就给警方打了个匿名电话，给咱们提供线索，把咱们的调查方向往袁玥身上引。

"后来看见咱们真的把袁玥当作杀人凶手抓走，他自然是大大地松了一口气，觉得警方把袁玥当成凶手，自然就不会再查到他头上，他心头的巨石落下，自然心情大好，所以中午下班回家途中才有闲情逸致蹲下来看路边的小花。只是他做梦也没有想到的是，眼看这事就要了结，却突然接到了黄麒麟打来的电话。

"准确地说，应该是黄麒麟的手机打来的电话。黄麒麟以前肯定多次电话联系过他，所以他认得黄麒麟的手机号，在学校后门口他一看来电显示，当时就吓得不轻。”宋铎在屋里一边踱步，一边思考着往下说，“当然，给他打电话的并不是黄麒麟本人，而是熊大，是熊大用黄麒麟的手机给他打的电话。熊大自作聪明，以为最危险的地方才最安全，所以他暗中潜回了平京市。昨天他无意中在黄麒麟手机里发现了这段录音，这就等于严文轩的把柄又落到了熊大手里。

“熊大觉得这是个发财的好机会，于是就在昨天中午用黄麒麟的手机给严文轩打电话，以这段录音为筹码，向他勒索钱财。为了证实自己确实抓住了严文轩的把柄，熊大还特意将这段录音发到严文轩的手机里。严文轩接到电话，如遭雷击，不胜惶恐，于是急匆匆取钱赶往对方约定的平湖公园。在假山凉亭上，两人因为钱财数目或其他原因发生冲突，最终熊大将这位严校长推下假山后拿着钱仓皇逃走了。”

宋铎从技术科走出来，脚步匆匆地往审讯室走去。他皱着眉头道：“现在所有线索都指向了这个熊大，咱们无论如何也要把他揪出来。”

两人刚到审讯室门口，就看见曹亮从屋里出来，他一边揉着手腕，一边兴奋地说：“宋队，熊二这小子终于招了，他说他大哥有个相好的叫申二娘，在东华里开了一间申二娘麻将馆。麻将馆后面有两间铁皮小屋，是她住的地方，如果他大哥找不到落脚的地方，肯定会去她那里。”

宋铎有点意外地说：“这么快他就招了？”他正要往审讯室里走，曹亮急忙朝苏晚晚挤挤眼。

苏晚晚抢到门口探头一瞧，熊二正坐在审讯椅上鼻血长流，她心中已经明白过来，忙说：“宋队，既然已经知道熊大的藏身之所，那咱们赶紧去抓人吧，要是去迟了让那小子跑了，再要抓捕他可就麻烦了。”

宋铎在审讯室门边停住脚步，最终还是没有走进去，转身说：“好，咱们这就去把熊大抓回来！”

他带着苏晚晚和曹亮，又叫老杜带了两名年轻刑警，一起跳上警车，赶往东华里。

第二十一章　变态凶魔

东华里在东城区，是一条老巷，警车开进巷子，很快就看到了那间申二娘麻将馆，不过卷闸门却拉下来锁上了，并没有开门营业。

宋铎下车后，凑近麻将馆的窗户往里瞧了一眼，屋里没有一点动静，也看不到一个人影。他不禁有点奇怪，难道这间麻将馆已经关门大吉了？又绕到麻将馆后面，果然看见有两间铁皮小屋，不过照样是门窗紧闭，屋里屋外没有半点声响。

宋铎看看门上的那把大锁，回头问："老杜，这锁你能开吗？"老杜有个外号叫"万能钥匙"，也算是刑警大队的半个开锁专家，他上前看看说："这把锁防盗级别不高，应该能打开。"他掏出两根铁丝，伸进锁孔里鼓捣了几下，那锁果然应声而开。

曹亮一脚踹开大门就要往里闯，宋铎一把拉住他，朝他做了一个拔枪的动作。

大家都明白过来了，熊大算得上个悍匪，如果在屋里定然不会束手就擒，还是多加小心为妙。大家立即将佩枪握在手里，兵分两路，一队在左一队在右，同时闯进屋里。屋里光线很暗，宋铎看到门边有电灯开关，顺手摁了一下，电灯顿时把屋里照亮了。他快速地在屋里扫了一眼，并没有看见人。

大家收起手里的枪，把两间铁皮小屋仔细搜查了一遍，并没有发现什么线索。宋铎又叫老杜打开前面麻将馆的卷闸门，里面摆着七八张麻将桌，麻将散落一地，但屋里屋外看不到一个人影。

曹亮说："会不会是熊大已经带着他女朋友申二娘逃走了？"

苏晚晚也点头说："有这个可能，他差点儿杀了严文轩，没有理由还在这里等我们来抓他。"

宋铎不禁有些恼火，一抬腿把脚边一个易拉罐踢得"哗啦"作响，懊恼地说："想不到咱们还是来迟了。"

大伙都有点气馁，钻进警车正要失望而归，曹亮忽然皱眉说："哎，你们听，好像有什么声音。"

大伙都愣了一下，不再说话，侧耳细听，果然听见空气里随风送过来一阵若有若无的声音，听起来像是有人在说话。再一听，声音应该是从麻将馆后面传来的。

“有情况!”

宋铎立即“嘘”了一声，朝大家做了个噤声的动作，然后把手放在腰间摸着枪柄，一步一步小心翼翼地往麻将馆后面走去。来到铁皮小屋前，再侧耳倾听，那声音居然又没有了。

大家都轻舒一口气，觉得刚才可能是听错了，正要转身离开，那声音忽然又响了起来。

这一次大家都听清楚了，那是有人在喊救命的声音，而声音正是从铁皮小屋后面传过来的。

宋铎立即奔到屋后，一股恶臭迎面扑来，原来屋子后面是一个化粪池，本来是被几块水泥板盖住的，现在不知道被谁掀开了一块水泥板盖，臭气正从池子里涌出来，而那呼救声，居然是从化粪池里传出来的。

宋铎走近池子探头往下一瞧，不由得吓了一跳，池子里靠边坐着一个人，腰部以下全都浸泡在臭水里，而上半身则连人带手都被捆得像个大粽子。那人抬头看到上面有人，赶紧大叫：“救命啊，快救我出去!”宋铎怔了一下，他从熊二的手机里看到过熊大、熊二的合照，一眼就认了出来，这个被捆绑后扔在化粪池里的人，居然是熊大!

看到想象中的悍匪居然被人五花大绑地扔在化粪池里，像个垂死的瘟鸡一样全无反抗之力，大家都有点错愕。宋铎回头叫道：

“还愣着干啥？赶紧把他拉上来。”

曹亮这才回过神来，跟另外一名刑警一起，一只手捏着鼻子，另一只手抓住熊大的衣服，费力地将他从化粪池里拉出来。熊大就像一个刚从粪池里爬出来的屎壳郎，满身粪水，让人恶心得要吐。

宋铎挥挥手说：“赶紧把他拖到屋里去洗一洗。”曹亮和那名刑警只好又将熊大拖到铁皮小屋的厕所里，用厨房的菜刀割断他身上的绳索，两人守在一边，让他自己洗澡。熊大把身上臭气熏天的衣服脱掉，光着屁股站在水龙头下淋了半天，才把身上冲洗干净，然后又回到外面屋里找了件衣服套在身上。

熊大握住曹亮的手说：“警察同志，太感谢你们了，是不是附近有人听到我的求救声打电话报警了？我就知道人民警察一定会来救我的。现在我没事了，你们有事先忙去吧，改天我给你们送锦旗去。”

曹亮被他逗笑了，说：“熊大，我们不是来救你的，我们是来抓你的。”

熊大脸色一变，急忙缩手，可是两只手已经被曹亮铁钳似的双手握住。就在他一愣神的工夫，苏晚晚已经冲上来，“咔嚓”一声给他上了手铐。

熊大情知不妙，一转身用肩膀撞开后面窗户，一个前滚翻，整个人就跳了出去。

苏晚晚哪里容得他逃走，飞身跃出窗户，一个腾空飞踢，踹中熊大的后背。熊大向前一个趔趄，摔倒在地。

曹亮从后面追上来，一拳打在他脸上，熊大的眼角顿时流出血来。曹亮还要再打，却被宋铎喝住了。曹亮只得收起拳头，把一只脚踏在熊大背上，熊大再也不敢动弹。

宋铎蹲在熊大面前，问："知道警察为什么抓你吗？"

熊大吐出嘴里的尘土，不当回事地笑了，说："不就是绑架黄麒麟的事吗？我一没有向他家里索要赎金，二没有拿刀杀他，就算被你们抓住，最多也不过是坐几年牢，老子出来后还是一条好汉。"

宋铎说："不光黄麒麟绑架的案子，实验中学副校长严文轩的命案，也得算到你头上。"

熊大大吃一惊，说："怎么，严文轩死了？"

宋铎说："你把他从假山上推下来，他受伤休克，现在成了一个植物人，是死是活还很难说。如果他真的死在医院里，那你可就不是坐牢这么简单了。"

"警察同志，我冤枉啊……"熊大立即改口，大声喊起冤来。他挣扎着从地上坐起，用戴着手铐的两只手擦着脸上的血迹说，"警察同志，我完全不知道你在说什么，什么副校长什么严文轩，我根本就不认识他，更没有见过他，他是死是活跟我也没有半毛钱关系。”

“谁说跟你没有关系?”说话的是老杜。他用两个手指头捏着一个透明的证物袋走过来，证物袋里有一部黑色的苹果手机，“这个手机，是我从你刚才脱下的上衣口袋里找到的，后盖上还贴着黄麒麟的大头照，我已经拍照给黄金强辨认，他确认正是他儿子黄麒麟的手机。我翻了一下手机，里面还保留着你昨天中午给严文轩打电话和发信息的记录。当然，如果你一定要抵赖也没有关系，这上面肯定还有你的指纹，只要我们技术科的人拿去做一下指纹比对，就一清二楚了。”

“不用比对指纹了，”熊大忽然脖子一梗，痛快地说，“我承认昨天给那个姓严的打过电话，我告诉他我拿到了黄麒麟的手机，还在手机里发现了一些与他有关的信息。如果他想拿回黄麒麟的手机，就用三十万现金来换。我怕他不相信我的话，还特意将手机里的一段录音发给了他。他的钱确实是我拿走了，不过就算他真的死了，也跟我没多大关系……”

发现黄麒麟死在石屋的那天早上，熊大买了一张去往天津的火车票，然后与熊二分道扬镳。但他其实只坐了两站就提前下车，然后坐长途汽车又回到了平京市。他觉得最危险的地方才最安全，警察肯定会去火车站查监控，看到他坐上火车走了，肯定不会再在平京城里搜捕他。

潜回平京市后，他无处藏身，只好一直蛰居在女朋友申二娘的铁皮小屋里。昨天上午，他在屋里闲得无聊，拿出黄麒麟的手机躺在床上玩，无意中在黄麒麟的手机里发现了一段他跟他们学校严校长的对话录音，就是熊大发给黄麒麟的那段录音。

熊大当时并没有太在意，后来接着往下翻看，才发现黄麒麟的手机里还有很多与严文轩有关的录音，甚至有严文轩跟别的女人上床的不雅视频。当他把这些录音和视频逐一听完、看完之后，才发现这其中的水很深。

黄麒麟遵照严文轩的指示，成功踹掉了班主任袁老师肚子里的孩子之后，他就拿着偷偷录下的第一段录音去找严文轩谈判。严文轩这才知道，自己唆使黄麒麟去对付袁玥的话都被他偷录了下来。于是问他要多少钱才肯删除录音。黄麒麟说："老子不缺钱。"严文轩问："那你缺什么?"黄麒麟说："老子缺的是刺激。"

"刺激?"严文轩有点不明白。"对，就是刺激。"黄麒麟趁机向他提出自己的要求，"我知道除了袁老师，你还有好几个情人，对吧？我们'麒麟帮'耳目众多，你这点事瞒不住我。这样吧，我的要求很简单，你以后跟情人出去开房的时候带上我，或者提前告诉我，让我先进去躲在你们幽会的房间里。"

严文轩问："你到底想干什么?"黄麒麟说："我早就说过了，

老子想寻找刺激，老子就是想看看你跟情人是怎么厮混的。你要是不同意，我就把这段录音发到咱们学校的QQ群和微信群里。当然，你也别想蒙我，你跟你情人约会的次数要是少于一个月一次，我同样也会把这段录音公布出来。”

根据黄麒麟手机里的录音记录，严文轩最终答应了他这个变态的要求。结果黄麒麟每次都事先躲进严文轩开好的宾馆房间里，又用手机偷录了他跟情人幽会的场面。再后来，黄麒麟将自己每次与严文轩的对话都录音，将严文轩每次去酒店开房的经过都拍下视频。严文轩因为走错了第一步棋，所以直接导致他被黄麒麟抓住的把柄越来越多。

熊大从头到尾看完黄麒麟储存在手机里的视频之后，知道自己发财的机会来了。这个严校长有这么多情人，应该是个有钱的主吧，用这部手机为筹码向他“借”点钱花花，应该不难。于是他在黄麒麟的手机里翻出严文轩的手机号，并用黄麒麟的手机给严文轩打电话，向他勒索三十万元。

昨天中午，严文轩提着一袋子钱依约来到平湖公园，与熊大见面后，他提出要先拿到手机才付钱，熊大则要求付完钱再把手机给他。两人僵持了一阵，熊大按捺不住，动手去抢严文轩的提包。严文轩背靠假山没有退路，只好顺着那道楼梯往山上跑，跑到山顶凉亭后再无去路，他只得把手里的提包交给熊大。

熊大打开提包一数，居然只有二十三万元，并没有达到他索要三十万元的要求。于是当场翻脸，叫他补齐剩下的七万块钱，否则不会将手机给他。严文轩自然不肯，他奋力扑上前抢夺熊大手里的手机。熊大自然要比他灵活得多，一闪身避了开去，严文轩扑了个空，收不住脚步，最后整个人就直接从假山上跌落下去。

熊大探头看时，只见严文轩不知道被假山上的哪块石头磕了一下，整个人在半空中翻了个大跟头，最后四仰八叉地跌落在花坛里，发出几声痛苦的呻吟。

熊大听到严文轩还能发出声音，就知道他死不了，所以也没再多看他一眼，拿着那个装满钞票的手提包扬长而去。

“所以说，那个严校长是自己失足跌落假山的，他的死活跟我半毛钱关系都没有。”熊大说到最后，竟然冲着几个警察咧嘴一笑说，“不就是向那个严文轩勒索了一点小钱吗？老子痛痛快快地承认了，但是别的罪名，你们可别想栽赃到老子头上，老子不吃这一套！”

宋铎戴上手套，从证物袋里拿出黄麒麟的手机翻看了一下，发现熊大所言果然不假。黄麒麟的手机里既储存了许多与严文轩的对话录音，也拍摄了严文轩与数名不同女子幽会的视频。这些录音与视频，对于一个前途一片光明的中学副校长来说，可都是致命的把柄。严文轩为什么会对黄麒麟动杀机，为什么不惜取出存折里所有的钱也要把这部手机拿回去，为什么拼了命也要从熊大手里抢夺手机，其中的原因就不难理解了。

“那你能不能说说，你为什么会被人捆住手脚，像个死猪一样被扔在化粪池里？”曹亮看着熊大好奇地问，“你可别告诉我你是在用这种方式躲避警方的追捕。”

“说实话，我根本就没有想到你们会追查到这里来。我以为严文轩掉下假山后并无大碍，而且他还有把柄在我手里，肯定不敢报警，所以我拿着他的钱就放心大胆地回来了。”说到这里，熊大忽然面露恨色，咬牙道，“谁知回来之后，昨天晚上却着了那个女人的道儿……”

“哪个女人？”曹亮问，“什么道儿？”

熊大看他一眼，脸上现出尴尬的表情，说：“唉，想不到我熊大一生闯荡江湖，最后却让一个女人给算计了，唉，不说也罢……”

苏晚晚在搜查铁皮小屋时，曾看见屋里的饭桌下放着两个空酒瓶，此时再看熊大一脸懊悔的表情，心中已然明白过来。她笑着说：“昨天晚上，你女朋友申二娘把你灌醉，将你绑起来扔进化粪池，然后拿着你带回来的钱跑了，对吧？”

“可不就是这样，那个臭婊子，实在太可恨了。”熊大看着几个警察，急切地说，“警察同志，你看我这么配合你们，你们可一定要替我抓住那个女人，把我的钱追回来。”

宋铎说：“这个你不用操心，我们一定会想办法找到她。不过那些钱嘛，估计你这辈子也别想拿到了！”

图书在版编目（CIP）数据
觅凶者：放学路上 / 岳勇著. 一北京：中国工人出版社，2018.8
ISBN 978-7-5008-7040-1
Ⅰ.①觅… Ⅱ.①岳… Ⅲ.①推理小说一中国一当代 Ⅳ.①I247.5
中国版本图书馆CIP数据核字（2018）第189211号

觅凶者：放学路上

出 版 人　王娇萍
责任编辑　吴　迪
责任校对　董春娜
责任印制　黄　丽
出版发行　中国工人出版社
地　　址　北京市东城区鼓楼外大街45号　邮编：100120
网　　址　http://www.wp-china.com
电　　话　（010）62005043（总编室）
（010）62005039（出版物流部）
（010）62379038（社科文艺分社）
发行热线　（010）62005049　（010）62005042（传真）
经　　销　各地书店
印　　刷　三河市万龙印装有限公司
开　　本　880毫米×1230毫米　1/32
印　　张　7.375
字　　数　130千字
版　　次　2018年12月第1版　2018年12月第1次印刷
定　　价　38.00元

本书如有破损、缺页、装订错误，请与本社出版物流部联系更换
版权所有　侵权必究